徳間文庫

天海の秘宝 下

夢枕 獏

徳間書店

目次

巻の十一　凶星来たる

一

くわらり、くわらりと、ふたりの頭の上で風車が回っている。

その風車の柱を囲むようにして、物干し台がある。

からくり屋敷の屋根の上であった。

明け六ツの鐘（かね）が、まだ鳴る前だ。空には夥（おびただ）しい数の星がきらめいている。東の空の地平線に近いあたりが、ほんのりと明るくなっているかどうかという時間帯である。

物干し台の東側に、吉右衛門（きちえもん）と十三（じゅうぞう）は立っている。

吉右衛門が、これまで隠していたことを語るというので、十三は、夜明け前にからくり屋敷まで足を運んできたのである。

やってきた十三に向かって、

「見せたいものがある」

　吉右衛門は言った。

「見せたいもの？」

「話は、それをおまえに見せてからじゃ」

　吉右衛門は、板の間の奥にある階段へ十三を案内し、

「上じゃ」

　自らそこを先に登った。

　そこは、中二階とも呼べる空間で、さらにそこから、屋根裏に向かって梯子（はしご）が掛けてあった。

「もひとつ上じゃ」

　後ろから階段をあがってきた十三をさらにうながして、梯子を登る。

　屋根裏の板を、手で上へ押しあげると、そこの板が上へ向かって開いた。吉右衛門、十三の順でそこから外へ出ると、そこがもう物干し台であった。

　今、ふたりはその上に立って、江戸市中を見回している。

　江戸は、まだ寝静まっていた。

　東の空のひと隅（すみ）以外は、まだ夜と同じである。空には、降るように星が光っている。大川の向こうに、浅草寺（せんそうじ）の五重の塔が見え、西の星空の下方に、富士のかたちが見てとれる。

まだ、昼の熱気がやってくる前で、大気はゆるやかに動いていて、微(かす)かに潮の香が混じっている。

「十三よ、よい町じゃ……」

吉右衛門は、つぶやいた。

「ええ……」

と、十三がうなずく。

「おれは、ここが好きじゃ。人と人との距離のほどがよい。水も大気も、清い――」

「そうですね、清く、ほどがよい……」

十三がうなずいた後、やや沈黙があって、

「十三よ……」

吉右衛門が、低い声で言った。

「何です」

「もしも、この江戸を滅ぼさんとするものがあったとすれば、なんとする」

「江戸を?」

「うむ」

「あるのですか、滅ぼそうとするものが――」

「あったとすればじゃ」

「何としても、救わねばなりませぬ」

「それが、できぬとしたら？」

「できるかできぬかは、やってみなければわからぬでしょう」

「だから、それができぬとわかっていたらのことじゃ」

「それは、空論というものです。もしも、それが不知火（しらぬい）の連中のことをいうのであれば、闘うしかないでしょう」

「いや、不知火の連中とはまた別の話じゃ」

「では何なのです。この江戸は、これまで何度も大火によって焼き尽くされましたが、その度に、わたしたちは立ちあがってきたではありませんか――」

江戸は、大火によって、これまでに幾度となく焼き尽くされている。

明暦（めいれき）の大火では、江戸城の本丸も焼け、明和（めいわ）の大火では、武家屋敷が焼け尽くしている。

何年かに一度、江戸は大火に見まわれるが、その度に、江戸は復興してきた。

「おれが言っているのは、大火であるとかそういうものではない」

「地震ですか。地震であれば、それは相手にして闘えません。しかし、その地震からでさえ、江戸は何度もたちなおってきたではありませんか――」

「ああ、十三よ……」

吉右衛門は、もどかしげに身を揺すった。

「……そうではない。そういうものではないのだ。おれが言うているのは、滅びじゃ」

「滅び？」

「全(まった)き滅びじゃ」

「全き滅びとはなんです」

「江戸も残らぬ。駿府(すんぷ)も残らぬ。大坂、京も残らぬ。日本国六十余州のみならず、朝鮮、清国(しんこく)、天竺(てんじく)まで、全(すべ)て何も残らぬ。人も獣も、虫も、樹(き)も草も、あらゆるものがこの世から消えてなくなる、全き滅びじゃ」

「まさか——」

　十三は、言った。

「末法(まっぽう)の世が来るのでなければ、そのような滅びなどあるわけはないでしょう」

「それが、あるのじゃ」

「末法の世が来るというのですか」

「末法なれば、仏にすがれば救いの道はあろうが、これは、仏であろうが、伴天連(バテレン)の神であろうが救えぬ」

「救えぬ!?」

「あれを見よ」

　吉右衛門は、東の空を指差した。

「何です」

「星じゃ」

「どの星のことです」

吉右衛門は、東の空を指差しながら、

「あそこに、すばるがある。わかるか」

そう言った。

確かに、すばるが東の空に出ている。

「六連(むづら)ですね」

十三が言った。

六つの星が、ひとかたまりに連なって光っている。それで、すばるは、六連とも呼ばれる。今日(こんにち)言うところのプレアデス星団のことだ。

「すばるの下に、星がある。他の星よりも、何やらぼうっとして光る星じゃ」

「あれか、あの星ですか」

「うむ」

うなずいて、吉右衛門は、東側の手摺(てす)りに歩み寄った。

手摺りの手前に、遠眼鏡が置いてある。木で作られた三本の脚を組み合わせ、その上に金属の台座が置かれ、その台座の上に遠眼鏡が設置されている。

十三が来ることになっていたので、あらかじめ、ここに用意していたものらしい。

「これで、あの星を見る」

「遠眼鏡で？」

「ああ」

吉右衛門は、物干し台の上に膝を突き、遠眼鏡を東の空へ向け、だいたいの見当をつけてから、それに右眼を当てた。

台座についている、木製の握りをいじりながら、遠眼鏡の向きを調整し、

「これでよい。覗いてみよ」

吉右衛門が立ちあがった。

十三が、膝を突いて、遠眼鏡を覗き込む。

「中央あたりに、その星が見えるであろう」

「ええ」

十三がうなずいた。

「よく見えます。こんなに星があるのですね」

「中央の星はどうじゃ」

「なんだか、他の星よりは少し大きく、もやっとして尾を引いているように見えますが
……」

「それが大黒星じゃ」

「大黒星？」

「おれたちは、そう呼んでいる」

「おれたち？」

「後で言う。今は、それを見よ」

「見ているうちに、少しずつ、星全体が動いてゆきます」

吉右衛門は、十三の左右の手を握って、台座から出ているふたつの握りに誘導した。

「これを回して、常に遠眼鏡の先を、大黒星に向ければよい」

「わかりました」

十三は、言われた通りにして、

「だいじょうぶです。もう見ながらこの星を追うことができます」

遠眼鏡を覗きながら言った。

「それは、箒星じゃ」

「箒星と言えば、十五年近く前の冬にも江戸の空に現われましたが……」

十三が言っているのは、宝暦九年（一七五九）に現われたハレー彗星のことである。

「あれとはまた別の箒星が、今、おぬしが見ている大黒星じゃ」

「昔見た箒星は、長く尾を引いていたと思いますが……」

「これも、いずれ、すぐにもっと尾を引く。天の半分を覆うほどにな」

「本当に――」

「今、その星の周囲りに、もやっとして短く尾を引いているものが、やがて少しずつ伸びて、きれいな尾を引くのじゃ。今は、見る角度と、その箒星がまだ太陽から離れているため、尾が短く見えているだけなのだ」

「尾か――」

十三は、遠眼鏡から眼をはなし、立ちあがった。

吉右衛門は、息を呑み込み、それを吐き出し、また、大きく息を吸い込んだ。

吉右衛門の身体が、小刻みに震えているのが、十三にはわかった。

「どうしました、吉右衛門さん……」

心配そうに、十三が吉右衛門の顔を覗き込んだ。

東の空明りで、なんとか吉右衛門の表情が見てとれる。

吉右衛門の顔は、夜目にも青白く、血の気がない。

吉右衛門は、さらに数度、呼吸をして、そして言った。

「十三よ、あの星がな、いずれ、この大地に落ちてくる」

言い終えて、吉右衛門は、眼を閉じた。

眼を開いた時、眼の前に十三の顔があった。

「吉右衛門さん、今、あれが落ちてくると言いましたか？」

「言った」

「それが、何だというのです。流れ星などはよく落ちてくるのを見ますよ――」

「十三よ、おまえの言う流れ星の大きさは、実は砂粒ほどのものじゃ」

「それが、あんなに光るのですか」

「光る」

「あの大黒星の大きさは？」

「まあ、ざっと、富士山五つか六つ分じゃ――」

「それほど大きいのですか」

「うむ」

「それが本当なら、確かにたいへんなことです。江戸の上に落ちてくれば、江戸はいっぺんで押し潰されてしまうことでしょう。だが、大坂や、京、ましてや清国や天竺までがそれで滅ぶとは思えませぬが――」

「滅ぶのだ」

はっきりと、吉右衛門は言った。

「まさか。富士の山が、たとえ十落ちてきたところで、それは落ちたところが滅ぶだけではありませんか。全き滅びなどということが、それで、起こりようがないではありませんか――」

「それが、起こるのじゃ、十三よ」

「信じられません」

「しかし、本当なのだ。おまえが、おれの言葉を信じようと信じまいと、それが本当であることにかわりはない」

二

武蔵は、巌窟の中で、独座していた。

岩の上に胡座して、眼を閉じている。

ぼうぼうと伸びた頭髪を、後方で無造作に束ねている。

鼻の下にも顎にも、手入れのされない髯が伸びている。

皺が深い。

正保二年（一六四五）――

六十有余歳。

人を斬る――人と闘って勝つ、そのことのためだけに生きてきた。そのための工夫と精進で、これまでの生を埋めてきた。

生涯に闘ってきた数は、六十数度に余る。

ほとんど一方的に、相手を瞬時にして撲殺したような試合もあった。

試合場へおもむいた時、幕の内にあって、先についていた相手が、たすきをかけ、鉢巻をして、試合に備えて身拵えをしているのを見た。見ればその背が無防備である。

いきなり背後から駆け寄って、その相手を、武蔵は木刀で撲殺してしまった。

ただの一撃で、鉢が割れ、脳漿が四方に飛び散った。

「何をするか、卑怯ではないか」

相手側の見届け人が激怒した。

「油断する方が悪い」

武蔵は、昂然と顔をあげてそう言ってのけた。

「試合が決まった瞬間から、勝負は始まっているのである」

武蔵はわびもせず、たかぶりもせず、自然の呼吸と共に言った。

「もし、遺恨あらば、いつでも立ち合う故、申し出られよ」

「では、それがしが」

相手の陣営から、川島角之進というものが立ちあがった。

「受けよう」

武蔵が言った途端、

「ちゃああああああっ!!」

腰の剣を抜いて、川島角之進が斬りかかってきた。

その剣をかわしざま、武蔵は木刀で、川島角之進の頭を叩き割ってしまった。これも、一撃のことであった。

京では、京流の吉岡清十郎、吉岡伝七郎を斬り殺し、その後は、吉岡一門七十人余りを一乗寺下り松において斬り伏せ、吉岡流を根だやしにした。

舟島では、巌流佐々木小次郎と闘い、これは、太い、巨大な櫂を削って作った木刀で、撲殺した。

無敗。

ただの一度も負けたことがない。

負けは死――そういう闘いのみをやってきた。

そして、自分は今、生き残っている。

これは、これまでの闘いのことごとくに勝利してきたということである。

しかし――

まだ、武蔵は迷っている。

強さとは何か。

天下無双――この世で一番の強者たること。

それをめざして、まだ、そこに至ってない。

天下無双は、無限の道だ。果てがない。たどりつくべき場所がない。場所がなければそこへはたどりつきようがない。それがわかっているのに、自分は、まだそこへゆこうとしている。そこをめざしている。

この世の人間全てを打ち殺して、自分がただひとりの者となった時、はじめて、天下無双は実現される。しかし、この世でただひとりの人間になったら、天下無双にどのような意味があるのか。

いや、そこに意味を求めてはいけない。

天下無双に意味があるかどうか、それは自分の考えることではない。

これは、業だ。

「勝負じゃ、武蔵」

自分に、闘いを挑んできた少年がいた。

試合前に叩き殺した男の子供だった。

「しかし、わしは、剣をとっては闘わぬぞ。武蔵よ、わしは、おまえの剣から逃げて逃げて、逃げる。そして、武蔵よ、わしはおまえより長生きをする。これが、わしの闘いじゃ。時が、剣のかわりじゃ。わしの方が若い。おまえの方が先に死ぬ。長く生きた方が勝ちじゃ。おまえが墓に入ったら、わしは、その墓石に唾を吐きかけてくれる。それがわしの闘いじゃ――」

そう言っていた子供も、十数年前、三十になったかどうかという齢で死んだと、風のたよりに聴いた。

その子供が口にした齢が、今、武蔵の肉体を蝕んでいる。

老いには、勝てない。

歳をとれば、どんな者でも、身体が弱り、筋力が落ちる。その肉体が生み出す速度も遅くなる。ある程度までは、工夫で、その老いと闘うことができる。だが、いつか、人の肉体はその老いに追いつかれるのだ。

若い肉体も、やがて、走れなくなり、歩けなくなり、立つことができなくなり、ついには寝たきりになって動けなくなる。

そうなれば、女、子供にでもたやすく打ち殺されてしまうであろう。もし、そういうことにならなくとも、この老いの先には結局死が待っている。

「長く生きた方が勝ちじゃ」

かつて言われた言葉が、武蔵の脳裏に蘇る。

なるほど、強くなること、勝つことが、生きながらえるためにあるのなら、長く生きた者が勝者であろう。ならば、剣は、そういう勝負に使用される多くの武器のうちのただのひとつにすぎぬことになる。

それでは、剣は何のためにあるのか。

自分は、何のために剣を学んできたのか。

今、自分の肉体が、死に向かいつつあることを、武蔵は知っている。あと、数カ月もつかどうか。

今、自分の身につけた技術(わざ)、力、そういうものが、この肉体から、去ってゆこうとしている。

なんということか。

あれほど精進し、他の一切を捨てて身につけてきたものが、老いと病(やまい)とによって、自分から去ってゆこうとしているのだ。修行の邪魔になるからと、女も、抱かなかった。女を欲しいと思う気持を、剣に向けた。女が欲しくて欲しくて狂おしい時、ただ、ひたすら剣を振った。

その、女に向けられるはずであった精気が、そのまま肉に凝(しこ)って、肉に溜(た)まった。全身から、精気をしたたらせて歩いているようなものだった。

女が寄ってこぬよう、身につけるものに、腐った魚のはらわたをすり込んだ。

このため、武蔵の周囲には、常に異臭が漂い、常にその周囲には蝿(はえ)が舞った。

異様人であった。

この世の誰とも似ていない、誰からも理解をされない——武蔵は異形の生物であったのである。

今、細川藩にあって、武蔵はなお、懊悩していた。

何故、もっと生きられぬのか。

もっと、自分の寿命があれば、いつか、この懊悩の答えは見つかるかもしれない。

それが叶わぬならば、せめて、あと一度、生命をかけた闘いの場に臨んでみたい。

しかし、今、そのような人間はどこにもいない。

剣を持って、ただ己の存在のみをたよりに生命を賭して闘いの場に立とうという人間など、どこにもいないと、武蔵はわかっている。

すでに、武蔵は、その意味で、この地上にただ独りの存在であったのである。

かっ、
と、その時、武蔵が眸を開いたのは、何者かの気配に気づいたからである。

炯炯と光る眸を、武蔵は洞窟の入口の方に向けた。

入口の、光の一部を遮って、人影がそこに立っていた。

その人影が、ゆっくりと、武蔵の方に歩み寄ってくる。

なんとも不思議な気配であった。

たとえるならば、歳経た古木。

古い木が、そのまま自分の方に向かって近づいてくるような気配がある。

その人影が、武蔵の前に立った。

老人であった。

僧形である。

武蔵よりも、さらに歳がいっている。その年齢の見当がつかない。

「宮本武蔵殿か――」

顔中の、深い皺に埋もれたその中で、老人の口が動いた。

「いかにも」

武蔵が答えると、

「天海という」

僧形の老人が答えた。

武蔵も、その名は知っている。

家康亡きあと、徳川家をその背後から動かしている人物――この日本国の権力の頂点に在る存在といっていい。

本来であれば、武蔵はかしこまってそこに両手をつき、頭を下げねばならぬ相手であった。

しかし、どうしてここにその天海がやってくるのか。同じ天海の名を持つ別の人間か。

天海の名をかたる偽者か。

いや、仮に本物の天海であろうが、その名をかたる人物であろうが、武蔵にとってはさしたる違いはない。

武蔵が心を動かしたのは、その人物の立場ではなかったからだ。天海と名のったその人物の肉体が放つ、不可思議な気に反応したのである。

剣で言うなら、ある段階に達した者がもつ、乱れのない落ち着いた気を、その人物は放っていた。

「おれと立ち合うか……」

武蔵は、肉の中にある刀身を抜き放ち、ぎらりと光らせて見せるように、そう言った。

「いいや」

「では、何の用じゃ」

「武蔵よ、ぬしほどの人物であれば、すでに自分の死期の近いこと、察していよう」

「――」

武蔵は答えない。

沈黙したまま、天海を睨んでいる。

「武蔵よ、このおれが、おまえにこれより百年――いや、百年に余る生命を、さずけようではないか……」

地の底で泥の煮えるような、低い声で天海は言った。

「なに……!?」

「ぬしに、さらなる百年に余る生命をさずけようと言うたのじゃ」

「まさかよ……」

「嘘ではない」

「人とは老いるものじゃ。老い、やがて死ぬ——その理を、何人も逃れることはできぬ……」

「その通りじゃ」

「では何故に、そのようなことを言う」

「武蔵よ、おれは、ぬしを永遠に生かしてやろうと言うているのではない。そこまでのことは、おれにはできぬ。そのようなこと、神にもできぬわ。ただ、もう百年余り生かしてやろうと言うておるだけじゃ」

けして、嘘を口にしているようには聴こえなかった。

真実を——少なくとも、自分が真実と信ずることを口にしているような、ゆるぎのない響きがその言葉にはあった。

「何のためじゃ」

「ぬしに、仕事を頼みたい」

「仕事?」

「武蔵よ、おぬしに、我が秘宝の守り人となって欲しいのじゃ——」

天海は言った。

三

船から降りた。

周囲は、薄暗かった。

船の中に点った灯り(あか)が外に洩(も)れてきていて、ぼんやりとまわりの様子が見てとれる。

出発した時と同じ、大きな石の部屋であった。これは、予想していた通りである。横に、もうひとつ、同じ船がある。これも予想していた通りであった。

出発前に、床に仰向(あおむ)けに倒れている武士の屍体(したい)を見ている。ぼろぼろになった野袴(のばかま)をはいた、半分木乃伊(ミイラ)化した屍体であった。

床に、その屍体がないかどうか捜したが、見つからなかった。

ということは、その武士はまだ生きているということなのか。

もし、『大黒問答(だいこくもんどう)』に描かれていたことが真実であった場合に備え、できるだけの、考えられるだけの荷を積んできたのだが、それが正解であったようだ。

信じられないことだが、こうして、もうひとつの船が横にあるのを見ると、真実であると考えざるを得ない。

どうすればよいのか。

頭は、めまぐるしく動き続けているのだが、まだ、思考がまとまらなかった。

さっ、
さっ、
と、石の床を踏む音がして、誰かが近づいてくる気配があった。

闇(やみ)の中から、ぬうっと人影が出現した。

ひとりの武士が、そこに立っていた。

「あっ」

と、思わず声をあげていた。

その時には、武士が、腰から剣を抜いていた。

白刃が、顔の前につきつけられていた。

「動くな」

武士が言った。

「おまえが、もしも、おれの待っていた人物であれば、死なずにすむ」

武士が手に持つ白刃が、腕にあてられると、鋭い痛みがそこに生まれた。浅く切られたのだ。

流れ出てきた血を、左手の指先につけ、武士はそれを口に運んだ。舐めた。

武士は、無言で、口を動かした。

その間中、白刃は、眼の前に突き出されたままだ。

いつでも斬る——

その迫力と、緊張感がある。

やがて——

「合格じゃ」

武士は、刀身を鞘に納めながら言った。

「百年に余る時間、おれは、ここを守ってきた。近づく者あらば、斬り捨ててきた。それも、今日で終いじゃ……」

「あなたの、名は？」

「誰でもよい。この百年余り、おれは、約定を守るために生きてきたが、その役目も終りじゃ……」

「——」

「おまえは好きにするがよい。おれも好きにしよう……」

「好きに？」

「やりたいようにやれ。おれは、おれは……」

「どうした？」

問われた途端、ふいに糸の切れたあやつり人形のように、武士はそこに尻を落とし、座り込んでしまった。

「おい、どうしたのだ!?」

「眠い……」

武士は、そう言って、そこで眼を閉じ、鼾(いびき)をかいて眠りはじめた。

「おい、おまえは誰だ。今、おれの血を飲んで、いったい何をしたのだ……」

眼を閉じた武士の横に膝を突き、そう訊(たず)ねた。

武士は薄く眼を開き、

「我が名は、武蔵――新免(しんめん)武蔵じゃ……」

そうつぶやいて、再び眼を閉じた。

「おい、起きろ、おい――」

声をかけたが、もう、武士は眼を覚まさなかった。

鼾をかいていた。

声をかけるのをあきらめた。

まだ、やらねばならぬことがある。

立ちあがって、さっき出てきた船に入り、灯りを手にしてもどってきた。その灯りを持って、もうひとつの船の向こう側へゆく。

石の壁がある。

その壁の一部に、金（かね）の輪が取りつけられている。その輪を持って引くと、そこにはめ込まれていた石が動いて、こちら側へ落ちた。石のなくなった箇所が、四角い穴となって残った。その穴を、頭からくぐって、向こう側へ出る。

手に持った灯りであたりを照らすと、そこは、思った通りの部屋であった。

甲冑（かっちゅう）姿の武士の木乃伊（ミイラ）が座している。

その横に、唐櫃（からびつ）が置いてある。

木乃伊に近づいて、その膝の上を見る。

ない。

おかしい。

もしも、考えていた通りのことが起こったとするなら、その膝の上に『大黒問答』が置かれてなければならない。それがないのだ。これは、いったいどういうことなのか。

誰かが持っていってしまったのか。

そうなら、自分の持っている『大黒問答』は、いったいどうやって自分のところまでやってきたのか。

しかし、今は、それを考えている時ではなかった。

唐櫃の方へ移動して、蓋（ふた）を開ける。

灯りで中を照らすと、記憶通りのものがそこに入っていた。

様々な衣類だ。

武士のもの、町人のもの、そして、女ものの着物まである。もしも、ここにやってくる者が、女だった場合を考えてのことであろう。

帯、草鞋（わらじ）、草履（ぞうり）、下駄まである。

さらに、それぞれについては、大きいものから小さいものまで、ここへ来る者の体型に合わせて、何種類かが用意されていた。

大小、二本の刀と、その横の風呂敷包み——これが何であるかは、すでに中を見たことがあるのでわかっている。

包みを開いて中を見ると、記憶通り、小判で三百両と小銭である。

これがあれば、外へ出てもなんとかなるはずだ。しかし、今、いきなり、船を使って出てゆくわけにはいかない。昼であるのか夜であるのか、まだわかっていないからだ。

いったん空身（からみ）で外へ出てゆき、外の様子をさぐり、自分の居場所を定めてから、その上でまたここへもどってきて、必要なものを持ち出すのがいいだろう。

その時は、夜がいい。

夜ならば、大黒船を使っても、わかりにくいであろう。

問題は、今外へ出るには、まず、この唐櫃の中から、何を選んだらよいかである。

「ううむ」

唐櫃を前にして、吉右衛門は、首をひねった。

四

堀河吉右衛門という人物が、雨宮十郎兵衛を訪ねてきたのは、秋であった。

庭の菊が、そこここに溢れるように咲いて、盛んに匂っている頃である。

会うなり、吉右衛門は言った。

自分は、大黒天を信仰しており、前々から大黒堂にはおりを見ては参拝させてもらっていたのだが、見れば屋根の一部が傷んでいる。そろそろ修理した方がよいのではないか。ついては、その費用を寄進させていただきたいのだがどうであろうか。

吉右衛門の口上はそのようなものであった。

「いやいや、それは気がつかなんだ。わざわざの御申し出、恐縮にござる」

そう十郎兵衛は言った。

「修理は、早々に行いましょう。しかし、その費用については、御心配はいりませぬ
――」

こちらで全てやるからと十郎兵衛は言った。

しかし、

「いや、ぜひ、自分にも費用の一部なりとも出させていただきたい」

吉右衛門は重ねて頭を下げた。

その言葉に、十郎兵衛は、吉右衛門を、ひとまず家の中へあげることとなった。

玄関で、金を出す出さぬの話は、悪い話ではないにしろ、外聞が悪い。悪い人物ではなさそうだし、まずはこの人物を屋敷の中へあげて、ゆるりと話をすればよいと、十郎兵衛はそう考えたのである。

しかし、家へあげていったん向き合うと、吉右衛門の問いが、大黒堂の屋根のことから、別のことに変化した。

「大黒堂の境内に、大きな井戸がござりますが――」

吉右衛門が言う。

「はい、ござります」

「何度か、水を飲もうと思うたこともござりましたが、釣瓶もなく、どうやら水もない涸れ井戸のようでござりますね」

「はい」

「井戸には、時おり、水や握り飯などをそなえておいでのようですが、何故、大黒堂の方ではなく、井戸の方に？」

「昔から、そうしておりますので――」

「十年に一度か、二十年に一度かはわかりませんが、あの井戸は、時おり、人を呑むとの噂でございますが……」

「はて――」

「近くに、刀傷を受けた者の屍体が倒れていたこともあるそうですね」

「さあ、どうでしょう」

「井戸の、内側に積みあげてある石ですが、所々に出っぱりがあって、その出っぱりの並ぶ順を覚えれば、人が、それを伝って井戸から自由に出たり入ったりできるようになっているのではありませんか――」

「何のことでしょう」

「あの井戸と大黒堂ですが、その昔に、天海大僧正が掘らせ、建てさせたものではございませんか――」

さすがに、十郎兵衛も顔に不快の色を露わにして、

「失礼ですが、堀河殿、寄進のお話と思ってあなたにあがっていただきましたが、本当は、この話をされるのが目的だったのですね」

そう言った。

「申しわけありません。その通りでござります」

吉右衛門は、頭を下げた。

「ならば、おひきとり願いましょうか。私はかような話をあなたとするつもりはござりません」

「では、最後にひとつだけうかがわせていただけますか」

「最後に?」

「もしかしたら、『大黒問答』という書のことを御存知ではありませんか——」

吉右衛門の口から、『大黒問答』という言葉が出た途端に、十郎兵衛の顔色が変化した。

「い、いったいどうしてその名を——」

「やはり、御存知なのですね」

「い、いや、知らぬ。知りませぬ。どうして、そのような知らぬ書の名を口にするのかと思うただけのこと——」

「ならば、『大黒誌』なる予言の書が、こちらに伝えられてはおりませぬか」

「そんなにおっしゃるのなら、あなたはその大黒という星の色について、御存知ですか」

十郎兵衛が問うてきた。

「星の色?」

「そうです」

「なんのことか……」

「わからないのですね」

「ですから、それが何の……」

そこまで言った時、

「もう、このへんでよろしいでしょう」

十郎兵衛は、吉右衛門の言葉を遮って、立ちあがっていた。

「どうか、おひきとりを――」

十郎兵衛が頭を下げた。

そこまでされてはしかたがない。

吉右衛門は立ちあがった。

「その『大黒問答』、もしも、どこにあるかを御存知でしたら……」

「知らぬと言うたはずじゃ」

「いえ、ですからもし御存知でしたらと申しあげました――」

「知っていたら、どうだというのじゃ」

「もし、御存知でしたら、もとの場所におもどし下さるよう、お願い申しあげます――」

「――」

十郎兵衛は、答えなかった。

ただ黙って、吉右衛門を見つめていた。

吉右衛門は、無言で頭を下げ、

「失礼いたしました」

そう言ってから顔をあげた。

雨宮十郎兵衛の屋敷を辞した後、しばらくしてから吉右衛門が大黒堂まで行ってみると、井戸を囲むように小屋掛けがされて、閂(かんぬき)に、しっかりと錠が掛けられていた。

五

再び、からくり屋敷の屋根にある物干し台の上——そこで、十三と吉右衛門は向かいあっていた。

すでに、朝日は昇っており、ふたりの姿を明るく照らしていた。

「驚くべき話ですね、それは……」

十三は、朝の赤い陽光を全身に受けながら言った。

「おれは、一度、金を持って外へ出、本所に家を構えた……」

「どうして本所に？」

「どういうわけか、雨宮十郎兵衛が、世話をやいてくれてな。この地を紹介してくれたのじゃ。それで、ここに住むようになった……。この家を構えてからな、あそこへ残してきたものを、少しずつここへ運び出したのだ。何度目かに行った時には、すでに、武蔵殿は、息をしてはおらなかったよ――」

「あそこで、そのまま死んだと?」

「うむ」

「それで、吉右衛門さん、あなたは、あの時、あそこに武蔵の屍体があるはずだのに、ない、と騒いでいたのですね」

「そういうことじゃ」

「他にも、あそこにあるはずのものがないと吉右衛門さんは言っていたようでしたが――」

「船だ」

「船?」

「大黒船と呼んでいるのだが、それが、一艇か二艇、あそこにあってもよいはずなのだが、それが、ない」

「何故です?」

「わからぬ。おれの後からやってきた何者かが、持っていったのやもしれぬ……」

「何者かとは?」

「おそらくは、大黒天と名のる人物であろうと思うのだが――」

「大黒天ですか――」

「唐櫃の中にも、残してきたものはあったのだが、それも、全て消えていた」

「大黒天がやったと?」

「おそらくな」

吉右衛門はうなずいた。

「あの、井戸を囲っていた小屋ですが、わたしたちが行った時には、壊れていました――」

「この前、我らがあそこへ行った、その二カ月半ほど前に壊れたらしい――」

吉右衛門が答えた。

「何かあったのですか……」

「二カ月半前のその時、大黒天が船を持ち出したおりに壊れたのだと思う」

「船ですか……」

「あのあと、おれたちは、燃える大黒堂から抜け出した――」

「はい」

「その時、おれは思うたのじゃ」

「なにを?」

「大黒天が、ここへやってきた時、おれがそうしたように、おそらく奴は雨宮家を訪ねているのではないかとな。それで、十郎兵衛殿に会うて、どのような話をしたのか、訊ねようと考えたのだ。そうしたら――」

「不知火の連中に襲われて、家の者は殺され、屋敷は焼かれていたというわけですね」

「うむ」

「しかし、どうして、不知火の連中と大黒天がつながっているのです」

「おれにもよくわからぬ。大黒天の方に、何か考えがあるのであろう」

「なんです、その考えというのは――」

「おそらく『大黒問答』の完全なものがあれば、それがわかると思うのだが――」

「あなたは、それを持っているのではないのですか――」

「今も、持っている」

吉右衛門は、懐から、『大黒問答』と書かれた冊子を取り出した。

「あとで読め。読めぬところは、おれが教える……」

そう言って、吉右衛門は、それを十三に手渡した。

それを手に取って、

「これは!?」

十三は、いぶかしげな顔をした。

「一部が、焼けてしまっています――」

「そうじゃ。これを見つけた時、うっかり、火で焼いてしまったのだ」

「――」

「おそらく、大黒天は、焼けてない『大黒問答』の完全なものを持っているのではないかと思う」

「その完全なものを読まねば、大黒天の真の目的がわからぬと……」

「うむ……」

吉右衛門は、うなずき、朝の陽光をいっぱいに浴びている江戸の町を見渡した。

気の早い蟬が、ひとつ、ふたつ、鳴き出している。

朝の町のたてるもの音や、人の声が、切れ切れに届いてくる。

「十三よ、おれは、この江戸が好きじゃ……」

吉右衛門は言った。

「ここへ住むようになった頃は、心の中に、『大黒問答』のことや、雨宮家のことがずっとひっかかっていたのだが、そのうちに、それも薄れて消えた。子供たちに手習いを教え、好きなからくりをいじり、ここで歳老い、死んでゆく。それでよいと思うていた。ぬしという友も得た。しかし……」

「しかし?」

「大黒星と共に、大黒天がやってきた……」

「――」

「十三よ、いやでも何でも、おれは、これに関わらねばならぬ。その決心がついた。あの星がやってきた以上は、おれは、おれに何ができるのか今はわからぬが、できるだけのことはやらねばならぬと思うている」

「吉右衛門さん、さきほどあなたから聴いたことは、いずれも、にわかには信じられぬことばかりです――」

「そうであろう。おぬしがそう思うのは当然じゃ」

吉右衛門は言った。

「信じたくとも、理解もできません――」

「ああ……」

「ですが、ひとつだけわかっているのは、吉右衛門さん、あなたが嘘を言っていないということです。わたしにわかるのはそれだけです。そして、それだけで、わたしには充分です――」

「十三よ、まだ、おぬしに、全てを語ったわけではない。あまりに、話さねばならぬことが多すぎて、今、言うべきことのみを話した」

「それで充分です。吉右衛門さん、これは、しばらく、わたしの胆（はら）にしまっておきましょう。誰に話したとて、わたしと同じに混乱するだけでしょう。しかし、吉右衛門さん、これだけは言わせて下さい。この先、何があろうと、この十三は、あなたの味方です――」

十三の言葉には、心がこもっていた。

「十三よ、この江戸で、おれの一番ありがたかったことは、ぬしという友を得たことじゃ――」

十三は、人智の及ばぬ奇怪なる話を聴かされたばかりであるというのに、気が動転しているといった様子はない。むしろ、これまで十三の全身に漂っていた悽愴の気が、幾分か和らいだような気配さえあった。

「あなたの話を聴いて、思うたのですが、考えてみれば、あの武蔵殿もまた、大黒星によって、その運命を弄ばれた人間のおひとりなのでありましょう――」

「うむ」

「武蔵殿が、哀れじゃ……」

「十三よ、実のところ、おれにも、今何がこの江戸でおころうとしているのか、よくわかってはおらぬ。それを知るためにも、やらねばならぬことが幾つかある――」

「十郎太殿のことですね」

「そうじゃ。大黒の割り符のことを問い、『大黒問答』の完本の在り場所を知っているなら、それも聴き出さねばならぬ」

「はい」

「十郎太は、今、赤井様のところなのだな」

「役宅で、厳重な警護をされています」

「何か、話をした様子は？」

「ありません」

「何もしゃべらぬのか――」

「割り符のことも、大黒天のことも、雨宮家の秘事故、しゃべることはできぬと、そう言うているらしい――」

「そうか……」

吉右衛門は、やや沈黙したが、

「おれがゆこう」

すぐにそう言った。

「あなたが？」

「今日、朝餉を喰うたら、赤井様のところへ出向いて、十郎太と話ができるようお願いしてみよう」

「ならば、わたしもゆきましょう――」

「頼む。十三よ、おまえの方が、赤井様には顔がきく」

「わかりました」

十三はうなずいた。

その頃には、江戸は、すっかり夜が明けて、町も目覚めていた。

いつもの夏の朝の人のざわめきが、江戸の市中に満ちはじめていた。

・

六

吉右衛門と十三が、赤井忠晶(ただあきら)の役宅に顔を出すと、それを出むかえたのは、松本一之進(まつもとかずのしん)であった。

「おお、病葉(わくらば)先生、吉右衛門殿、ちょうどよいところへ来られた」

一之進は、揉(も)み手(て)をしそうな顔つきでそう言った。

「今日にも、からくり屋敷まで、吉右衛門殿をおむかえにあがろうかと思うていたところでした」

「むかえに?」

吉右衛門が問う。

「今朝、雨宮十郎太が、ついに決心をして、知っていることを皆話すと言うてくれたのです」

「まことですか」

「はい」

「しかし、それと、わたしをむかえにくるということと、どのような繋(つな)がりがあるのでしょう」

「そこなのですが、十郎太が申すには、これについては堀河様にお話し申しあげたいと、まあ、そういうことでござりましてな。それならばということで、これからおむかえにあがろうと考えていたところだったのでござります」

吉右衛門と十三は、そのまま、赤井忠晶の役宅に通された。

その座敷は、蟬の声がよく聴こえた。

風が、よく通る。

障子も、窓も開け放たれていて、庭からの風がそのまま入ってくる。

縁側に、陽差(ひざ)しを避けて、朝顔の鉢植えが置かれている。大輪の、紫色の朝顔が四つ、そこでまだしおれもせずに咲いていた。

十郎太を囲むようにして、赤井忠晶、松本一之進、病葉十三、そして吉右衛門が座している。

「先日は、この生命を救っていただき、ありがとう存じました」

十郎太が、畳に両手をついて、礼を言った。

「大川に跳び込んで、夢中で泳いでいたのですが、下流へゆこうとしたのがいけなかったようで――」

潮があげている時であった。

川上へ、潮によって流されてゆけば、待ちぶせをされる。それで、あげてくる潮にさからって、海の方へ向かって泳ぎ出したのだという。

しかし、潮にさからって泳ぐというのは並のことではない。

「途中で力尽き、水を飲み、意識が朦朧となって、溺れかけて水中に沈んだような気がいたします。何やら光るものを見たような気がするのですが、それが、水中から見あげた月であったのか――」

気がついたら、舟の上に助けあげられて、吉右衛門や十三に見下ろされていたのだという。

「あの時は、思わず、吉右衛門様を父殺しの下手人と決めつけて騒いでしまいましたが、どうぞ、お許し下されませ」

「もう、すんだことじゃ。それよりも、まずは、大黒堂が焼けたあの夕刻、いったい何があったのか、それを話してくれぬか――」

吉右衛門は言った。

吉右衛門と十郎太の他には、ほとんど口を開く者はいない。十郎太の話を訊き出す役として、一同はすっかり吉右衛門にまかせているようであった。

「実は、わたくし、四年前の明和六年、十七の時に、父に願って長崎に留学させていただきました——」

「長崎に？」

「異国の知識を学ぶためでございます」

「異国の知識というと？」

「様々でございまするが、わたくしにはひとつの夢がございました」

「どのような夢でしょう」

「はい。鉄で、船を造ることにございます」

「ほう」

「異国には、鉄で船を造るような技術があるのか、あるのなら、それはどういう技術であるのか、それを知りたかったのでございます……」

「それで——」

「それには、まず、異国の言葉を学ぶことから始めねばと、あちらでは、通詞の吉雄耕牛先生のもとで、学ばせていただきました」

「吉雄先生なら、平賀様から話はうかがっている。たいへん、知識の深い方だという話だ」

「平賀様？」

「平賀源内様じゃ」

「平賀様なら、ちょうど長崎におられた頃で、あちらで何度かお目にかかり、色々と教えていただきました」

十郎太は、小さく笑みを浮かべた。

長崎留学は、十郎太にとっても楽しい思い出であったのであろう。

「ちょうど、去年の二月に、江戸で大火がございました」

「あれは、たいへんな火事であったな」

吉右衛門をはじめとして、一之進、十三、赤井忠晶もうなずいた。

明和九年――つまり、安永元年の二月に江戸が見まわれた火事は、火事の多い江戸にあっても、稀(まれ)にみる大火であった。

二月二十九日、目黒村行人坂(ぎょうにんざか)の大円寺から出火して、おりからの春一番の強風に煽(あお)られて、麻布(あざぶ)、麹町(こうじまち)、赤坂、芝、日本橋、神田、下谷(したや)、浅草、さらには本郷、小石川までを焼き尽くしている。

町九百三十四、大名屋敷百六十九、橋百七十、寺院三百八十二を焼いた。

死者一万四千七百人、行方不明者四千六百人の大惨事となった。

この時の放火犯、武州熊谷無宿長五郎坊主真秀(しんしゅう)を捕えたのが、銕三郎(てつさぶろう)の父である、火(か)

盗改（とうあらため）の長谷川平蔵宣雄（へいぞうのぶお）である。

　赤井忠晶にとっても、誰にとっても、一年半前のその行人坂の火事については、記憶に生々しい。

「火事の噂が長崎に入って、これはすぐにも江戸へ駆けつけねばと思っていたところ、家から、雨宮の屋敷も、父上、母上も無事であるという知らせが届きました」

　今すぐということはないにしても、父十郎兵衛と母きぬの顔を見ておこうと、十郎太は、この夏、四年ぶりに江戸の地にいったんもどることにしたというのである。

「江戸にもどったちょうどその日が、あの大黒堂の焼けた日だったのでござります」

「大黒天がやってきたのは？」

「まだ、夕刻になる前、父十郎兵衛と、母と、屋敷内で話をしている時のことにござります」

　話をしているところへ、

「お客様がお見えにござります」

　使用人の小六（ころく）という男がやってきて、十郎兵衛にそう告げた。

「たれじゃ」

「大黒天と名のるお方で、ひと月あまり前にもいらした方にござります」

「あの男か……」

　十郎兵衛は、顔を曇らせた。

「病で会えぬといって、帰っていただきましょうか」

「そうしてくれ」

「承知いたしました」

　頭を下げて、小六は姿を消した。

　ほどなく、玄関の方で、言い争う声が聴こえてきた。

　その声が、だんだんと大きくなる。

「火急の用事じゃ、あがらせてもらおう」

「困ります。主（あるじ）は、まことに病気にござりまする故、どなたにもお会いできませぬ。日をあらためておこし下されませ――」

「我らには、時間がない。天に、禍星（まがぼし）が現われた」

「ですから、日をあらためて――」

　聴こえてくる小六の声が、悲鳴のようになっている。

「十郎太」

　十郎兵衛が立ちあがった。

「はい」

　十郎太も、慌てて立ちあがった。

「もしもの用心じゃ。ここへ隠れておれ」

十郎兵衛が、壁を強く押すと、柱と柱の間の壁が、くるりと回って、その向こうに小部屋が現われた。

「これは？」

「その部屋から、いったん下へくだったところに棚がある。その棚に、大黒の割り符が置かれている。それを守るのじゃ――」

「何故です？」

「その割り符を守り、然(しか)るべき時、然るべき御方(おんかた)が現われたら、それをお渡しするのが、我ら雨宮の家の役目じゃ」

「然るべき、御方とは？」

「わしもわからぬ。ただ……」

「ただ？」

「合い言葉を言う」

「合い言葉とは？」

「星の色じゃ。星の色について、正しく言う者が、その御方じゃ。大黒の伝えを聴いて、来られる御方じゃ」

「何のことかわかりませぬ」

「おまえには、もう少し早く話しておくべきであった。しかし、おまえも、この雨宮が、ただの家でないことには気がついているはずじゃ。今日、その話をしようと、こうして『大黒問答』もここへ――」

と、十郎兵衛が懐を叩いたその時――

「な、何をなされますか。そ、そのようなものを抜いて――」

かなきり声に近い小六の悲鳴が聴こえてきた。

「急げ」

十郎兵衛に背を押されて、十郎太はその小部屋へ押し込まれた。

「いざとなったら、割り符を持って逃げよ。地下より先へゆけば、外へ出ることができる――」

「父上、母上！」

十郎太が言った時、

「げえええええっ」

小六の、断末魔の叫び声が届いてきた。扉が閉まった。

扉越しに、激しく廊下を踏む足音が、近づいてくるのが聴こえた。

「あひゃわっぴゃあっ」

女の悲鳴が聴こえた。

小六の女房が殺されたらしい。

十郎太が扉の隙間（すきま）からうかがうと、

「きぬ、後ろへ回れ」

きぬを背にして、十郎兵衛が抜刀した時、そこへ、ふたりの男が姿を現わした。

ひとりは、ひょろりと背の高い武士であった。

鼻の先が垂れた、髪を後方で束ねている男だ。腰に差しているのは、赤鞘（あかさや）の大小である。

もうひとりは、武士ではない。

右手に、奇妙な、刃の長い鋏を握っていた。

その刃に付いている血を、赤い舌でべろりべろりと舐（な）めながら、その男は武士の背後に立っている。

「だ、大黒天……」

十郎兵衛は言った。

「ひと月前にも、会（お）うたな」

「あの時で、用事はすんだはずじゃ」

「いいや、すんではおらぬ……」

静かな声で、大黒天は言った。

「あの時、受け取りそこねた、大黒の割り符、渡してもらいたいのだがなあ」

「言うてもわかるものか。黙って渡せばよい――」

「な、何故じゃ」

「わ、渡せぬ」

「渡せ」

「あの時、おまえは、言わなかった。必要な言葉を。今でもよい、それを言え。言えば、大黒の割り符、渡そうではないか――」

「言葉だと⁉」

大黒天が、眉の一方を吊りあげた。

その様子が、壁の隙間から、十郎太の眼に見てとれる。

その時、十郎太は、もうひとつ、別のものが、その部屋にいるのを見てとった。それまで、慌てており人しか眼に入っていなかったのだが、大黒天の足元に、一頭の黒い犬がいたのである。

その犬は、しきりに鼻をひくつかせ、床の臭いを嗅いでいた。

「大黒星の色は何色じゃ。それを言え」

「なんのことだ」

「言え！」

十郎兵衛が言う。

しかし、大黒天は、歯を嚙んで沈黙したままだ。

その間に、犬は、何かの臭いをさぐりあてたらしく、ある場所で、
ＧＵＵＵ……

低く唸り声をあげた。

それを見ていて、十郎太は、びくりと背をすくませた。

犬が唸り声をあげた場所——そこは、ついさっきまで十郎太自身がいた場所であったからである。

犬は、床の臭いを嗅ぎながら動き出した。

十郎太が隠れている壁の方に向かって——

途中で、犬は足を停め、顔をあげた。

犬の、緑色に光る眸と、十郎太の眼が合った。

ＯＯＯＯＯＯＵ……

犬が、鳴く声を変化させた。

「どうした。夜叉丸、何かあったか？」

大黒天が、夜叉丸と呼んだ黒い犬を見、続いて犬の視線の先にある壁を見やった。

「なるほど、そういうことか……」

大黒天が嗤った。

大黒天が、壁に向かって足を踏み出そうとしたその時――

「しいいいいいいいっ！」

十郎兵衛が、持っていた剣で、いきなり斬りかかった。

大黒天の胸から腹を、ざっくり斬り下げるかと見えた剣が、はずれて横へ流れ、その切先が、床の畳の中へ潜り込んでいた。

それを抜く間もなく、

「かああっ！」

大黒天が、剣を抜きざまに、十郎兵衛の左肩から右胸にかけて、深々と斬り下げていた。

「あごでげばっ」

と、声をあげて、両手の指で、二度、三度、虚空を掻きむしり、十郎兵衛は仰向けに倒れ、眼をむいたまま動かなくなった。

「あ、あなた」

と、夫へ駆け寄ろうとしたきぬの背へ、くさめの平吉が斬りつけた。

「おべぼべっ」

と声をあげ、きぬは、くるりと回って平吉を睨んだ。

平吉が左手に握っていたのは、つい今まで畳の中に斜めに突き立っていた、十郎兵衛の剣であった。

「やっぱり、刀じゃあ、おもしろみがねえやい」

平吉は、剣を捨て、

「こいつでどうでえ」

ふわりときぬに駆け寄って、右手に握っていた鋏を、ずぼりときぬの喉に突っ込んでいた。

「おっぴょっひょーっ」

高い声をあげ、きぬは白眼をむいた。

ざっきん、
と、きぬの頸の中で、肉と血管の切れる音がした。

平吉が鋏を抜くと、ぴゅう、と喉の傷口から太い血が赤い小便のようにとび出てきた。

「ひむむ……」

と、声を詰まらせ、きぬはそこに倒れ、数度、痙攣して動かなくなった。

「やっぱり、こいつでなけりゃあ殺った気がしねえわなあ」

平吉が言った時――

「おう、これは……」

十郎兵衛を見おろしていた大黒天が、声をあげていた。

十郎兵衛の懐から、『大黒問答』と書かれた本が、三分の二ほど外へ出ていた。

大黒天は、かがんで、それを十郎兵衛の懐から抜きとり、自分の懐へ収めた。

「これで、『大黒問答』の全貌がわかる」

大黒天は立ちあがり、

「禍星が空に現われた。もはや、時間がない。割り符が見つからぬ時は、無理にでも退魔寺を通るまでじゃ……」

そうつぶやいた。

つぶやき終えた時には、その眼が壁を睨んでいた。

その壁の中で、十郎太は、膝をがくがくと震わせていた。なにしろ、眼の前で、両親が惨殺されたのを見たばかりである。

「そこか――」

大黒天が言った。

「さっき、喉を切ってやった使用人の話じゃあ、長崎まで出かけていた息子の十郎太ってえのが、もどってきてるようですぜ」

平吉が言った。

「その壁の向こうじゃ」

大黒天が、壁に向かって歩き出した。

十郎太が見ていられたのは、そこまでであった。

階段を駆けおりた。

そこは、小さな部屋であり、正面の壁に棚があって、そこに、大黒の像が置かれていた。

おなじみの、俵(たわら)の上に立って笑っているあの大黒である。

しかし、その像は、半分しかなかった。

大黒は、ちょうど額の真ん中あたりから、鼻の先端を通って、唇、顎、喉、胸、腹を抜けてまっすぐ下まで、左右にきっちりと断ち割られていたのである。

棚にあったのは、大黒の左半身であった。

それをつかみ、懐へ入れた。

どすん、
どすん、
と、壁を叩く音が背後から聴こえてくる。

みりみりという、板を引きはがすような音も聴こえていた。それが、何を意味するか、十郎太にはわかっていた。

左側の壁に、ぽっかりと黒い穴が口を開いていた。人が立って歩けるほどの穴であった。

十郎太は、迷わず、その暗黒の穴の入口から、その中へ飛び込んでいた。

何度も、転びながら走った。

向こうに、薄明りが見えた。

七

「それで、なんとか追手をかわして、逃げることができたのでございます」

十郎太は言った。

「夜叉丸と言ってたらしいが、その犬の鼻はどうやってかわしたのです」

十三が訊いた。

「その時、わたしは素足だったので、履物が必要でした。ちょうど、出た場所というのが、屋敷の裏手で、使用人の矢太兵衛（やたべえ）というのが喉をやられて倒れておりました。その矢太兵衛の履いていた草履（ぞうり）を履いて逃げたというのが、犬の鼻を騙（だま）すのに役立ったのでしょう」

その時には、すでに夕刻となっており、大黒堂の方では、何やら煙があがっている様子であった。

心配になったが、そちらへはゆかず、反対の方角へ逃げた。

そして、ひと晩を野に伏してすごし、朝になってから、赤井忠晶の役宅へ出向き、名のり出たということであった。

大黒天の顔を見たというので、人相書きを描くため、その顔の特徴を語ってきかせた。

「堀河様のお貌（かお）に、はからずも似てしまいましたが、どうか、お許し下されませ。確かにお貌は似てはおりますが、眼元や口元、堀河様の方が、ずっとお優しい顔をしておられます——」

「いやいや、わたしとて、この江戸に来たばかりの時は、眼元も口元も、おそろしげな様子であったことであろう。それが、かような——のんきな人相になったのも、江戸の町に癒(いや)されたからじゃ……」

吉右衛門は言った。

「世に、自分と似た顔の者が、三人はいると申します。そういうものであったのでしょう。それにしても、父十郎兵衛が、すでに堀河様とお会いしており、本所の土地もお世話していたことなど、知りませんでした……」

「わたしがまだ江戸に不慣れで、放っておけぬところがあったからであろう。ところで、父上が持っておられたという『大黒問答』のことだが……」

「はい」

「あれは、もともと、別の場所にあったはずのものだと思うのだが……」

「何故、それを?」

吉右衛門は、その問いには答えず、

「十年ほど前、お宅にお邪魔して十郎兵衛殿にお会いしたおり、帰り際に、あらためて、今年——つまり、安永二年（一七七三）に天に尾を引く星がもし現われたれば、『大黒問答』、もしお持ちならばそこへもどして欲しいとお願い申しあげたのだが……」

そう言った。

「何故、堀河様が、あれが別の場所にあったことを御存知なのかはわかりませぬが、あれを、そこから持ち出したのは、このわたくしにござります」

十郎太は言った。

赤井忠晶も、松本一之進も、これまでふたりの会話にほとんど口を挟まずにいたのだが、さすがに我慢できなくなったのか、

「さっきから名のあがっているその『大黒問答』、いかなるものなのじゃ」

赤井忠晶が、たまらずに問うていた。

「我が雨宮家に伝わる秘書にござります」

十郎太は、覚悟を決めた様子でそう言った。

「秘書?」

「彼の天海僧正がお書きになり、我が雨宮家に伝えたものということにござります」

「ほう」

「我が家の裏山に、大黒堂があり、そこに涸れ井戸がござります。その井戸、実は底に、石で塞いだ横穴があり、その先が大きな石の部屋になっておりまして、そこにその『大黒問答』は置かれておりました……」

八

十一年ほど前——

十郎太が、まだ十歳のおりのことだ。

十郎太には、ひとつの仕事があった。

それは、夕刻に、飯と水を持って、大黒堂に供えにゆくことであった。

それは、もともと父十郎兵衛の仕事であったのだが、

「そろそろ、この仕事はおまえにまかせようかと思う」

十郎兵衛に言われて、十郎太がやることになった。

しかし、奇妙なことに、供えるのは大黒堂の方ではなく、井戸の傍であった。

井戸の縁に組んである石の横へ、盆に載せた飯と汁もの、竹筒に入れた水を置き、その上に油紙を被せ、風で飛ばぬよう、紙の四隅に小石を載せる。

そして、翌朝、それをとりにゆく。

ほとんど、それは手つかずであったが、十日に一度ほどのわりあいで、食べ物がなくなっている。

まさか、大黒堂からほんとうに大黒天が出てきてそれを食べているのかとも十郎太は思

ったのだが、野良犬が食べたか、腹をすかせた浮浪者が食べたかとも思った。

十郎太は、好奇心が強かった。

ある晩、屋敷を抜け出して、様子をさぐりに行った。

これまでの経験から、そろそろ今夜あたりが、食べ物がなくなる頃であろうと見当をつけ、もの陰に潜んで待った。

ちょうど満月で、灯りがなくとも井戸のあたりを見てとれる。

秋であり、夜の風は冷たい。

秋の虫が、周囲の草叢(くさむら)で鳴いている。

月が、だんだん天頂へ近づいてゆき、十郎太の身体もだいぶ冷えてきた。

と——

井戸の縁に、何かが動いた。

黒いものが、井戸の中から盛りあがるように出てきて、月光の中に立った。

人であった。

その人影は、周囲を見回し、地に胡座して、そこで盆の上に置かれたものを、食べはじめた。汁を飲み、握り飯を食い、菜をつまんで、水を飲む。

食事を終えると、その人影は立ちあがり、月光の中で、剣を抜いた。

その剣を上段に構え、振り下ろす。

びゅう――

という剣の刃がたてる音が、十郎太のところまで響いてきた。
右に、左に、人影は次々に剣を振った。
そのたびに、びゅう、と剣風が唸る。
月光の中で、刃がきらりきらりと光る。
ほろほろと虫が鳴いている。
やがて、人影は剣を納め、また、井戸の中へ姿を消した。
十郎太は、屋敷へもどり、眠ろうとしたのだが、眠れなかった。
父の十郎兵衛は、あれを知っているのだろうか。
いったい、あれは何なのか。
東の空が明るくなるまで、十郎太はそんなことを考えていた。
翌朝になった。
しかし、十郎太は、昨夜のことを、父の十郎兵衛にも、母のきぬにも言わなかった。
食事を済ませ、いつものように、大黒堂の井戸まで盆をとりに行った。
やはり、食べ物はなくなっていた。
昨夜のあれは、本当のことだったのだ。
井戸の中から誰かが出てきて、これを食べていったのだ。

井戸を覗き込む。

昨夜、人影が出てきたあたりをよく見れば、井戸の底に向かって、あちこちに出っぱりがあって、それを摑んだり、そこに足を乗せたりすれば、登り下りはできそうであった。

十郎太が、井戸の底へ下りてみることにしたのは、翌日であった。

灯りの用意をし、縄と水の用意をした。

縄は、井戸の縁に組まれた石垣の間に木の棒を突っ込み、その棒に縄の端を縛って、残りを井戸の底に垂らした。

こうしておけば、下りるのに楽だし、下でもし何かあっても、帰りが遅くなれば、誰かが様子を見にくるであろう。その時に、この縄を見れば、自分が井戸に下りたことが知れるであろうし、助けてもらえるであろう。

そう考えたのである。

最初は、縄を使って下りた。

しかし、途中でその縄の長さが足りなくなった。

そこからは、石の出っぱりを摑んで下りた。

井戸の底は、暗かった。

持ってきた蠟燭に、灯を点した。

その灯りをたよりに周囲の組んだ石を見ると、ひとつだけ、大きな石があり、そこに、鉄(かね)の輪が取りつけられていた。

その輪を摑んで引くと、石が動いた。

思いの外、石が軽い。

抜けた。

そこに、人がくぐれるほどの穴が空いていた。

床に置いた石をよく見ると、〝凹〟の字を逆さにしたように、下側の面に四角い穴が空いていて、ちょうど箱を伏せたようなかたちで、この石が穴に嵌(は)め込まれていたのだとわかった。反対側にも、もうひとつ、鉄(かね)の輪が取りつけられているのを見ると、向こうとこちら、どちらの側からも、この鉄の輪を引けば、石が動いて、ここに人が通ることのできるだけの穴が空くようになっているらしい。

床に置いていた蠟燭を手に取り、十郎太は穴の中を覗き込んだ。

よく見えない。

かなり広い空間が穴の向こうにあるらしい。近くに壁があるなら、その壁が、蠟燭の灯りに照らされて見えるはずだからである。

井戸から出てきた人影のことを、十郎太は覚えている。あの人影が、今この井戸の底にいないということは、この横穴の奥にいるということになる。

闇が、恐ろしかった。

このまま、帰りたくなった。

しかし、この奥がどうなっているか、それを知りたかった。

好奇心が勝った。

ごくりと唾を呑み込んで、十郎太は、蠟燭を手にしたまま、頭からその穴の中に入っていった。

向こう側に出て、石の床に立った。

床、壁、天井も石でできている。

「小僧……」

低い声がした。

闇の奥に、人影が立っていた。

伸び放題の蓬髪（ほうはつ）──髯（ひげ）。

擦（す）り切れた野袴（のばかま）をはいた男が、大小の二本を腰に差して、十郎太を、炯炯（けいけい）と光る眸（め）で見つめていた。

すうっ、と距離が縮まっていた。

微風のように、人影は距離をつめ、右手で剣を抜き放ち、それを上からすっと振り下ろしてきた。

怖いと思う間も、逃げる間もなかった。

気がついた時には、もう、剣は鞘に納められていた。

「動くな……」

その漢は、今まで剣を握っていた右手の指先を伸ばし、十郎太の左の頬を撫でた。

その手をもどしてゆく時に、漢の人差し指の先が、赤いもので濡れているのを、十郎太は見た。それで、ようやく、十郎太は、さっき漢の剣で、自分の頬を浅く切られていたことを知ったのである。痛みを感ずる間もなかった。その傷口から流れ出た血で、漢は、指先を濡らしたのだとわかった。

漢は、血で濡れた指先を自分の口に持ってゆき、舐めた。

わずかに間があって、

「よし」

と、漢は言った。

「通れ」

漢にそう言われても、十郎太はまだそこに立ったままだ。

「どうした?」

「おじさん、おじさんは、時々外へ出て、わたしの運んだものを食べてるお方ですね」

「そうか、あの食べ物と水は、おまえが運んできてくれたものか」

「食べた後、剣を抜いて、それを振っておりました……」

「身体をなまらせぬためじゃ。この中でも、日々、鍛錬は続けている……」

「何のために？」

「つまらぬことを訊く」

「つまらないこと？」

「ああ」

「どうして？」

「人とは、そういうものだからよ」

「そういうもの？」

「おまえは、人に、何故、飯を喰らうかと問うか、何故、水を飲むかと問うか——」

「——」

「人とは、飯を喰らい、水を飲み、糞をひる。それを何故と問うか。おれが剣を振るというのは、そういうことじゃ」

「ここで、何をしているのですか？」

「宝を守っておる」

「宝？」

「あるお方と約束をした。ここにある宝を守るとな。そのため、おれは、その方より百年に余る寿命を授かった。この約定、守りきれば、外へ出て、また試合うことができる……」

「試合う？」

「剣をもって、闘うことじゃ」

「――」

「剣をもって、闘うことは、己の生を問うことじゃ。あるいは、その時、おれの生きたことの意味もわかるやもしれぬ」

「ふうん」

十郎太には、漢の言う言葉の意味は、まだわからない。数えで十歳――現代ならば、まだ九歳である。

「でも、こんな場所で、百年以上も？」

人が、百年かそれ以上生きるということは、極めて稀であるとは少年でもわかっている。

「うむ」

「こんな、暗い、狭いところで？」

「うむ」

「どうして、そんなことができるの？」

「そのお方が、おれをそういう風にしてくれたのじゃ。ために、食事も、水も、十日に一度ほど摂れば、こと足りる」

「そのお方って？」

「言わぬ約束じゃ。知っている者なら別だがな」

「ここで、宝を守ってるっておっしゃっておられましたが……」

「うむ」

「それは、なんでしょう？」

「わからぬ」

「わからない？」

「船じゃ」

「船？」

「いや、船じゃと、おれは思うている」

「どんな？」

「鉄の船じゃ」

「でも、鉄でできてる船なんて……」

「見ればわかる」

そして、漢は、ひとつ欠伸（あくび）をした。

「見ればって……」

「小僧、おれは、もう眠い。このところ、眠ることが多くなった。おれは、ここで眠る。

あとは、好きにせよ……」

　言い終えると、漢は、ふらりとよろけるようにそこに腰を落とし、壁に頭をあずけ、鼾をかいて眠りはじめた。

　十郎太は、漢の寝顔をしばらく見下ろしてから、奥の闇に向かってまた歩き出した。

　少し歩くと、広い部屋に出た。

　石の部屋だ。

　その奥に、丸い——というより楕円形をした、鈍い鉄色をしたものがあるのを見た。

　大きさは、小さな小屋ほどであろうか。

　脚のような、柱のようなものが、その鉄色をした楕円形のものの下にあって、それは、その脚か柱のようなものによって支えられているようであった。

　これは、何だろう——

　十郎太は思った。

　あの漢は、船と言ったが、十郎太の知っている船とはあらゆる意味で違っていた。船とするなら、いったいどこから乗るのか。下から見あげるだけで、全てを見ることはできないが、いったいどこから人がこの船に乗るのか。たしかに、楕円形をしたその内部に、人なら三、四人は乗り込むことができそうだが、しかし入口がわからなかった。

　奇妙であったのは、部屋は充分に広いのに、その船は、部屋の中央ではなく、一方の

——奥の端に置かれていたことであった。

十郎太は、灯をかざしながら、その鉄の船を回り込んでいった。鉄の船と、奥の壁との間に入った時、その壁の一部から、鉄の輪がぶら下がっているのが見えた。ちょうど、腰の高さくらいのところである。

もしかしたら——

十郎太は、蠟燭を床に立て、鉄の輪を摑んで引いた。

動いた。

先ほどと同じように、石のひとつが壁からはずれたのである。

そこに、四角い穴が口をあけていた。

しばらく逡巡した後、十郎太は、蠟燭を手にして、その穴をくぐった。

そこは、また石の部屋になっていた。

大きな唐櫃が置かれ、その横に、甲冑を身につけた木乃伊が一体、座していた。

その奥に、石段のようなものまで見えた。しかし、すでに十郎太は、気力を使いはたしている。とても、その石段を登ってゆく勇気はない。

ふと木乃伊を見ると、その膝の上に一冊の冊子が乗っている。

歩み寄って、それを手にした。

『大黒問答』——とある。

片手で表紙をめくった。

字が書いてある。

しかし、それを、十郎太は読めなかった。

理由は、ふたつだ。

ひとつめは、十郎太は、まだ、字を習いはじめたばかりで、ようやくかなが読めるかどうかというところであったからだ。もうひとつには、そこに書かれている文字が、明らかにこの日本国の文字でありながら、異国の文字のようにも見えたからであった。

もちろん、表紙の文字も、見はしたが、〝だいこくもんどう〟と読めたわけではない。

しかし、さすがに、木乃伊の傍にいるのは我慢ができない。唐櫃の中を覗く勇気もなく、十郎太は、そこを後にしたのである。

後にする時、『大黒問答』を懐に入れていた。

帰る時にも、まだ、漢は、さきほどの場所で、同じ格好で眠っていた。

九

「父十郎兵衛には、叱られました。たいへんな剣幕で――」

十郎太は、神妙な顔つきで言った。

「『大黒問答』は？」

吉右衛門が訊ねた。

「帰った時父に取りあげられて、そのままに——」

それきり、『大黒問答』は、十郎兵衛が大黒天に殺されるその日まで、眼にしたことはなかったのだという。

「では、その中身については？」

「わかりません」

自分では、むろん、読むことはできなかったし、父に訊ねても、

「おまえが知らずともよいことじゃ」

教えてもらえなかった。

「では、あの井戸の中にも？」

「以来、一度も行ってはおりません」

一切他言無用——

「これは、いずれも我が雨宮の秘事じゃ」

父の十郎兵衛からはそうきつく言われた。

「結局、鉄の船に興味をもって、長崎へゆくことになったのも、あの時、井戸の奥で、あの船を見たからでござります」

「十郎兵衛殿は、『大黒問答』を読んでおられましたか?」

「おそらく、読んでいたと思います」

「割り符とも、『大黒問答』とも別に、雨宮家には伝えられていた訓がありますね」

「訓?」

「大黒訓です」

「どうして、それを——」

十郎太が言うと、

「光寿三年大黒星現わる時大黒割りてその言うことを聴くべし。くれぐれもこれを違うべからず。くれぐれもこれを守るべし」

吉右衛門が言った。

「その通りです。毎年、正月に、一家でそれを声に出して、十度、訓じます。しかし、何故、それを吉右衛門様が御存知なのです?」

「いずれ、お話し申しましょう。今は、もう少し、訊ねさせてもらえますか」

「はい」

「大黒天の割り符は、今、持っていますか」

「これにござります」

十郎太は、懐に手を入れ、布にくるんだものを取り出した。

吉右衛門は、それを受け取り、布を開いた。

中から、大黒天の像が現われた。縦に真っぷたつにされた木の像の左半分であった。

それを手に取り、

「おう、これか。これであったか……」

吉右衛門はつぶやいた。

「吉右衛門さん、あなたはそれを見たことがあるのですか？」

訊ねたのは、病葉十三であった。

「いや、大黒天が言うたのを耳にしただけじゃ——」

「それは、吉右衛門様にお預けいたします。どうぞ、お持ち下さい」

「預かりましょう」

吉右衛門は、それをひとまず懐へ入れ、不思議そうな顔でこのやりとりを聴き、今また、じっと吉右衛門を見つめている赤井忠晶を見やった。

「いろいろお訊ねになりたきこともあろうかと存じまするが、今は、わたくしの方から、ひとつふたつ、訊ねさせていただけまするか——」

吉右衛門は言った。

「何かな」

赤井忠晶が言う。

「さきほど、十郎太殿の話の中に出てきた、大黒天が言ったという寺の名でございまするが……」

「おう、退魔寺か――」

〝禍星が空に現われた。もはや、時間がない。割り符が見つからぬ時は、無理にでも退魔寺を通るまでじゃ……〟

大黒天がそう言うのを、十郎太は聴いたという。

「その退魔寺、たしか、天海様がお建てになった寺でございましたか？」

吉右衛門が問う。

「おう、その通りじゃ」

答えたのは、松本一之進である。

「確かに、天海様が、当麻山(たいまやま)の上に建てられたと聴いている」

「場所は、寛永寺の鬼門の方角!?」

「その通りじゃ。天海様、江戸城守護のため、その鬼門の方角に寛永寺をお建てになり、さらに寛永寺の鬼門の方角――つまり、艮(うしとら)の方角に、この当麻山を造られた――」

「山を造った？」

「なんでも、江戸城の堀を掘ったおり、その土を盛ってできたのが、当麻山とか――」

一之進は、思い出すようにつぶやいて、

「その当麻山の上に建てられたのが、退魔寺であるという話じゃ……」

そう結んだ。

「赤井様──」

吉右衛門は、あらたまった口調でそう言い、膝を赤井忠晶の方へ向けた。

「なんじゃ」

「急ぎ、人をやって、退魔寺の様子をさぐらせていただけませぬか──」

「何かあると申すか」

「はい。何ごともなかったとしても、人を集めて、その周辺を警護させて下されませ──」

「警護？」

「今、東の空に、禍星が現われました。少なくとも、この星が去るまで、この警護を怠ってはなりませぬ」

硬い表情で、吉右衛門はそう言ったのであった。

その時──

玄関のあたりで、人声があがった。

「こちらに、病葉十三先生と、堀河吉右衛門様がおいでじゃあ、ござりませんか──」

声が大きい。

せわしげに息がはずんでいる。

「む」

「む」

と、十三と吉右衛門が、同時に玄関の方へ顔をやったのは、自分の名が聴こえてきたためばかりではない。その声に聴き覚えがあったからである。

「赤井忠晶様にも、お知らせしてえことがござりますんで――」

長谷川銕三郎の声であった。

銕三郎が、吉右衛門と十三を訪ねてここまでやってきて、十郎太を警護する者たちとやりとりをしているらしい。

「長谷川です。長谷川銕三郎と申します」

それを聴いて、

「通せ」

赤井忠晶が、玄関の方へ声をかけた。

もちろん、赤井忠晶は銕三郎のことを知っているし、誰の子であるかもわかっている。

すぐに廊下の板を踏む音がして、警護の者にともなわれ、銕三郎と千吉が入ってきた。

「失礼いたしやす」

銕三郎と千吉が、足を止めて、ひょこりと頭を下げた。

「よくここにいるとわかったな」

吉右衛門が問えば、

「からくり屋敷へ行ったら、甚太郎がいて、こちらだと教えてくれやした――」

鋏三郎は言った。

そう言えば、出がけに、甚太郎に会い、どこへゆくのかと問われ、

「赤井様のところじゃ」

そう言った覚えがある。

「どうしたのじゃ」

十三が問う。

「実は、てえへんなことになりやしたんで――」

千吉が、鋏三郎の言葉を代弁するかのように、そう言った。

鋏三郎は、まだ立ったままだ。

「てえへんなこと?」

吉右衛門が、訊き返した。

「お千代さんと、口入れ屋の長兵衛さんが、何者かにかどわかされたようなんで……」

これは、鋏三郎が言った。

「なんだって!?」

吉右衛門の声が、思わず高くなっていた。

巻の十二　退魔寺異変

一

すでに、夕刻も終り、夜が始まっている。

西の空に残っていた夕陽の残光も、今はない。

庭には、夜の帳が降りていた。

蚊遣りの、杉の葉をいぶした煙が室内に漂っている。

行燈に、灯が点され、その灯りの中で、吉右衛門、十三、銕三郎、千吉の四人が顔をつきあわせている。

赤井忠晶の役宅から、いったん口入れ屋長兵衛の家までゆき、からくり屋敷までもどった時には、まだ陽は空にあった。

帰った時、吉右衛門の留守をあずかったつもりなのか、玄関の前に胡座をかいて腕を組み、甚太郎と次郎松が天を睨んでいた。

「お千代ねえちゃん、だいじょうぶかい。どうなったかわかったのかい」

吉右衛門の顔を見るなり、甚太郎がそう訊ねてきた。

すでに事情は察しているのであろう。

「だいじょうぶじゃ。今、赤井様の御配下の者たちが、必死で探索しておるところじゃ……」

不安顔の甚太郎と次郎松を家に帰し、吉右衛門たちは、あらためて、錬三郎から事情を聴き終えたところであった。

錬三郎が語ったのは、おおよそ次のようなことであった。

「この春になじみになった博打仲間に、上州から流れてきた、金吉ってえ、若えのがいるんですが、こいつの顔がこの二、三日見えねえっていうんです」

博打仲間が、二、三日顔を見せないというのは珍しい話ではない。

しかし、金吉、このところ羽振りがよく、毎日のようにいつもの盆茣蓙の前に座っていたのだという。その顔が見えない。

金がなくなって、おけらになって、女のところに転がり込んだか、病気で寝込んでいるか、そんなところだろうと皆は考えていたらしい。

「ここんところ、羽振りがよかったってえのがちょいと気になったもんで、金吉が寝ぐらにしているしょんべん長屋に顔を出してみたんですがね、そこにいねえんですよ。で、千吉に訊いたら、たしか、人形町に女がいたはずだってえから、そっちへ足を向けたら、金吉のやつ、三日前の晩に急にやってきたっていうんですよ」

慌ただしく酒を飲み、慌ただしく床に入って、夜が明ける前に、金吉は出て行ったという。

どこへ行くのかと問うと、

「そいつは言えねえ」

金吉は、そう言った。

違う女のとこじゃないの、と問えば、

「女のとこじゃねえ。穴掘りにゃあ穴掘りだがな」

と答える。

「穴掘り？」

「長兵衛の口利きだよ」

そう言ってから金吉は自分の口を右手で塞いで、

「おおっと、今、おいらの言ったこたあ、忘れるんだ。誰にも言っちゃあいけねえぜ——」

そう言って、あたふたと外へ跳び出して行ったというのである。

「金吉にゃあ、先にもこの件で訊ねちゃあいたんだが、心覚えがねえってんでそのままにしといたんですが、考えてみりゃあ、すでに穴掘りの仕事が決まって、口止めされていたとすりゃあ、言うはずもねえ――」

鋏三郎は、頭を掻きながら言った。

どこへ、何をしに行ったのか。

「長兵衛からの口利きというのが気になるな」

吉右衛門が言った。

「それで、今日、千吉と出かけて行ったんですよ」

長兵衛のところまで足を運んだのだが、すでに陽も高くなっているというのに雨戸が閉まっている。声をかけても、雨戸を叩いても応答がない。

近所の者に訊ねたら、

「そういやあ、夕べ、誰かが言い争っているような声が聴こえたけどね」

隣に住む者がそう言った。

「なにをしやがる。てめえ、おれの言うことが聞けねえってのか」

「おめえが、いらねえ仏心を出しゃあがるから心配になったってえことだよう」

会話自体はもう少し長かったのだが、いずれもはっきりと聴きとれるものではなく、なんとか意味がわかったのが、そのやりとりであったという。長兵衛と千代のふたり暮らしのはずだが、聴こえたのは男ふたりの声であった。

呻き声のような声も聴こえ、ものが倒れるような音もしたのだが、その後静かになったので、そのままにしてしまった。

朝になって、いつも開く時分になっても雨戸が閉まったままであり、昨夜のこともあったので、どうしようかと思案しているところへ、銕三郎と千吉がやってきて、訊ねられたので、昨夜のことを話したというのである。

それならば、雨戸をこじあけて、中を覗いてみようということで、雨戸をはずし、家の中へ入ったところ——

「家ん中にゃ、誰もいなかったんで……」

銕三郎は言った。

それぞれの寝間に、長兵衛の布団と千代の布団が敷きっ放しになっており、長兵衛の寝間の布団の上に——

「こう、生なましい血がこぼれておりやして——」

持ちあげると、吸ったその血で布団が重く感じられるほどであったという。

それで、急ぎ、吉右衛門と連絡をとろうとして、赤井忠晶の役宅までやってきたのだというのである。

その話を聴き終え、一同は、これからどうしたものか、思案をしているところであった。

「これは、いったい何があったってえことなんでやしょうかねえ……」

銕三郎が、腕を組む。

「しかし、気になるのは、金吉という男が、穴掘りに行くと言っていたことと、その仕事を、長兵衛のところから受けたと言っていたことですね——」

十三が言った。

「先に、あたしが訊ねたところでは、長兵衛は、知らねえと言ってたんでやすがね」

「関係があったということか」

「大黒天の方ですかい、不知火の方ですかい——」

「その両方……」

「まさか——」

銕三郎が、吉右衛門を見る。

吉右衛門は、腕を組んだまま、先ほどからずっと沈黙している。

「心配なのは、お千代ちゃんの方だ……」

銕三郎がそう言った時、外から声が聴こえてきた。

「法螺右衛門、法螺右衛門、たいへんだ、たいへんなことになっちゃってるぜ」

甚太郎の声であった。

庭のどこかで、帰ったはずの甚太郎が騒いでいるのである。

「甚太郎!?」

吉右衛門は、組んでいた腕をほどき、片膝を立てた。

「法螺右衛門、空が、空がてえへんなことになってるぜ」

甚太郎の影が、庭の闇の中に見えた。

甚太郎は、天を見あげ、天を指差して叫んでいる。

「まだ、いたのか、甚太郎――」

「悪かったよう。お千代ねえちゃんのことが心配でよう、もどってきたんだよう。だけど、だけど――」

「だけど、なんだ?」

「わからねえ、あんなの、見たことねえ。こりゃあ、いってえ、何なんだよう」

皆は、立ちあがり、素足のまま庭へ降りていた。

甚太郎の横に並んで、天を見あげた。

その天に、星が見えていた。

通常の星よりも、大きく、明るい。

しかも、その星は、西から東へ、沈んだ太陽を追うように、長く尾を引いていたのである。

「吉右衛門、あれが禍星だな」

「うむ」

「ついに、見えるようになって、天に現われたということか――」

「ああ」

硬い声で、吉右衛門はうなずいた。

「法螺右衛門、どうなってるんだよ。なんか、おそろしいことが起ころうとしてるのかい――」

「そうだ。しかし、今ではない。先のことだ――」

「先!?」

「案ずるな、案ずるな、このおれがいる」

吉右衛門は言った。

「これが、大黒星ですね」

十三が言う。

「そうだ」

「――」

「この大黒星は、疾い。いずれ、三日もせぬうちに、この尾は全天を覆う……」

吉右衛門は言った。

「光寿三年大黒星現わる時大黒割りてその言うことを聴くべし……」

十三が、昼、赤井忠晶のところで吉右衛門がつぶやいた言葉を口にした。

「あの時は、訊ねている間がありませんでしたが、これは、どういうことなのです――」

「――」

「光寿三年というからには、光寿は元号のことでしょう。しかし、今年は、安永二年です。光寿三年とは、いつのことなのです。それは、あなたの――」

そこまで言って、十三は口をつぐんだ。

周囲に、銕三郎、千吉、甚太郎がいることに気がついたからである。

十三がしゃべるのをやめると、周囲で鳴く、夏の虫の音が聴こえてきた。

沈黙の中で、虫が鳴く。

吉右衛門は、歯を嚙み、天を睨んでいる。

その眼から、すうっと頰に滑り落ちてくるものがあった。

涙であった。

吉右衛門は、天を見あげ、歯を嚙みしめながら、涙をこぼしていたのである。

「吉右衛門……」

十三がつぶやいた時、数人の足音が聴こえ、庭に入ってくる者がいた。

人影が見えた。

その人影が、声をかけてきた。

「病葉先生、吉右衛門殿――」

庭に入ってきたのは、松本一之進と、その配下二名の三人であった。

松本一之進は、やってくるなり、吉右衛門たちが空を見あげているのに気づき、立ち止まって空を見あげた。

松本一之進たちにも、天に尾を引く星が見えた。

「あれは――」

「あれが、大黒星です……」

十三は言った。

「あれが……」

つぶやいた松本一之進に、

「どうしたのです」

十三が問うた。

「たいへんなことになっております――」

松本一之進は、息を荒くして答えた。

ここまで、駆けるようにしてやってきたらしい。

「たいへんなこと?」

「それで、ぜひ、先生と、吉右衛門殿におこしいただこうと――」

「どこへです」

「退魔寺へ」

「吉右衛門殿に言われ、さっそく、人を手配して、退魔寺へやったのですが……」

松本一之進は、拳(こぶし)で額に湧(わ)いてきた汗をぬぐった。

「どうした」

「それが、中へ入れぬのです」

「なに!?」

「それだけではなく、すでに、死人(しにん)が、五人も出ております。こうしている間にも、その数が増えているやもしれませぬ」

二

こういうことであった。

松本一之進は、七人の手の者を連れて、退魔寺へ向かった。

半信半疑ながら、これまで吉右衛門には何度か助けられている。まずは、吉右衛門の言う通り、現場へ行ってみることにしたのである。

赤井忠晶は、役宅に残った。

引き続き、十郎太の警護は役宅で続けねばならぬし、ここで待って松本一之進の報告を受けることにしたのである。吉右衛門たちと一緒に、本所へ手の者を何人か出してもいる。赤井忠晶が、いずれかへ出向いてしまっては、どちらから報告があっても、対応が遅れてしまいかねない。場合によっては、寺社奉行へも連絡をとる必要があるかもしれない。

赤井忠晶は、自分は役宅を動かぬ方がよいと判断したのである。

松本一之進が、退魔寺へ着いた時、すでに午後になっていたが、まだ、陽は明るかった。

退魔寺は、大黒天を主尊とした寺で、当麻山の上にある。

当麻山は、地より急に盛りあがった山で、天海僧正が、その昔、江戸城の堀を掘ったおりに出た土を盛りあげて造ったものだと言われている。

平地からの高さおよそ二百尺。頂上が平らになっていて、そこに、本堂と宿坊がある。

麓あたりの山の径は、およそ四百尺余り。

遠目には、急峻な、小さな富士の山のように見える。

当麻山は、麓の周囲を、高さ十尺ほどの土塀で囲まれている。

土塀の内側は、大きな樫や楠、桜、楓などのそびえる森であり、その森が山頂まで続いている。

樹の中には、樹齢が、五百年、六百年はあろうかというものもあって、当麻山が、江戸城の堀を掘った土を盛ったものであるとするなら、明らかに山よりも古い。これは、天海が、当麻山を造った時、他所より樹を運んできて植えたものだろうと言われている。

入口は、山の南側にある山門がひとつだけだ。

手前の石段を五段ほど登って、大きな山門をくぐると、石畳の広場があり、左右に大銀杏が植えられている。石畳の先が、急な石段であり、その石段が、森の中をまっ直ぐ頂まで続いている。

登りきったところに門があり、その門をくぐれば、そこが、退魔寺の境内である。

年間を通じての対外的な行事は何もなく、いつも六人ほどの僧侶がいるだけで、参詣する者はほとんどいない。というのも、山門がいつも閉じられているからである。出入りする者は、山門の扉に設けられた、やっと人が通れるほどの小さな扉を利用する。

どうしてここに寺があるのか、何のための寺であるのか、知る者はいない。

近在の者は、この寺のことを〝こもり大黒の寺〟と呼んでいる。

この当麻山の麓まで松本一之進たちが到着した時、いつもは閉まっているはずの扉が、大きく内側に開いていた。

松本一之進自身も、何度かここを通ったことはあるが、扉が開いているのを見るのは初めてのことであった。

「珍しいな……」

とつぶやいた松本一之進の頭によぎったのは、退魔寺へゆけと言った吉右衛門の言葉である。

やはり、ここで何かあったのか。

「誰か、様子を見にゆけ」

さっそく、三人の者が、石段を登って山門をくぐろうとした。

その時、異変がおこったのである。

先頭を歩いていた者が、山門をくぐったその瞬間、いきなり、雷鳴が轟(とどろ)いたのである。

ばりばりっ、

と大気が引き裂かれるような音がして、閃光(せんこう)がひらめいた。

「ほげなっ」

と、先頭を歩いていた者が声をあげてぴょんと飛びあがり、頭から石畳の上に突っ込むように倒れ伏して、そのまま動かなくなった。

着ているものからぶすぶすと煙があがり、空気に焦げ臭いにおいが満ちた。

いきなり、雷がその男を打ったのである。

「おい！」

「杉田！」

二番目と三番目を歩いていた、斎藤と田中が、あわてて雷に打たれた杉田に駆け寄った

その時、またもや、
ばりばりばり、
びしっ、
ばりばりばり、
びしっ、
稲妻がひらめいて、ふたりを打った。
「おっぽけっ」
「えげなっぱ」
ふたりは声をあげて、ばたり、ばたりとそこに倒れてしまった。
驚いたのは、残った松本一之進たち五人である。
「な、何事じゃ」
佐藤左吉という者が、三人を追って、石段を登り、山門をくぐろうとしたが、何かに気がついたように手前で足を止めた。
三人とも、山門をくぐった時に、雷に打たれてそこに倒れている。それを目のあたりにしたことを思い出したのだ。自分が今、三人のところへゆこうとして山門をくぐれば、同様に雷に打たれてしまうのではないか——そう考えたのである。
「動くな、止まれ、左吉っ」

松本一之進も、あわてて、そう叫んだ。

松本一之進が言う前に、もう、左吉は足を止めている。

松本一之進を振り返った左吉の顔からは血の気が引いている。

「そうじゃ、それでよい。もどれ、左吉、ひとまずこちらじゃ」

おそるおそる、左吉は足を前に出しながらもどってきた。

「左吉、これより、役宅まで駆けて、赤井様にことの次第を報告せよ。見たままじゃ、見たままをそのまま報告申しあげて、どうしたらよいか御指示を仰いでくるのじゃ」

松本一之進は言った。

「承知――」

すぐに、左吉は駆け出していった。

左吉がもどってくるまでに、松本一之進がやったことは、幾つかある。

それは、自分の羽織を脱ぎ、落ちていた木の枝や石を包み、それを、山門から中へ放り投げることであった。

それが、山門をくぐった瞬間、
ばりばり、
ぱきいん、
と音がして、宙を飛んでいる羽織の包みを、雷が打ったのである。

その羽織の包みは、田中の横に転がった。

人だけではない。

何か、山門をくぐる物があれば、それを雷が打つのである。

しばらくして、赤井忠晶が、手勢十人ほどを率いて、山門の前までやってきた。

この時には、あたりには人垣ができていた。

何しろ、役人たちが、退魔寺の山門の前に集まっており、山門のすぐ向こうの石畳の上には、三人、人が倒れたままになっているのである。

事情をあらためて松本一之進から聴いた赤井忠晶は、どこで捕まえてきたのか、手下に命じて一頭の犬を引き出してきた。

引き出された犬の首に、縄が巻かれている。

山門の前で、他へ逃げられぬように犬を囲み、犬の首に巻いてあった縄を解いた。

犬は、人に怯えて、唯一の逃げ場である山門に向かって走った。犬が、山門をくぐった
その瞬間——

ばりっ、
稲妻がひらめいた。

「ぎあんっ！」

犬は飛びあがり、そのまま田中の上に倒れ込んで動かなくなった。

見物人たちから、

「おおう」

「本当じゃ、雷が落ちた」

そういう声があがった。

「むむむう……」

低く、赤井忠晶は唸(うな)った。

松本一之進に言われた通りであったからである。

「山門が駄目なら、塀じゃ。塀を越えよ」

さっそく、梯子(はしご)が用意され、梯子が塀に掛かった。

役人のひとりが梯子を登ってゆき、塀の上に立ったその時、
ばりばりっ、
ずん、
と、またもや閃光がひらめいて、その役人を打った。

「おきょげっ!」

と叫んで、役人は塀の向こうに転げ落ちていた。

「あっ」

という声が、役人たちからも、見物人たちからも洩(も)れた。

「どうやら、山門に限らず、何やら結界のごときものがあって、塀から向こうへ越えようとするものを、雷が打つということになっているらしいな——」

　赤井忠晶は言った。

「なれば、塀に穴を穿(うが)て。その穴から中に入ればよい」

「しかし、寺社奉行の承認を——」

と、松本一之進が言うと、

「すでに、緊急のことと、田沼様に話を通してある」

　赤井忠晶は、ひと言で言い捨てた。

　田沼様というのは、老中になったばかりの田沼意次(おきつぐ)のことであり、今、田沼はこの国の最高権力者である将軍に次ぐ権力を握っているといっていい。

　その田沼意次がすでに首を縦に振っているというのであれば、心強い。

　さっそく、幾つもの大槌(おおづち)と、木の杭(くい)が用意され、それで、土塀を破壊することになった。

　槌で土の壁を叩(たた)き、杭を打ち込み、土塀を崩してゆく。

　人がくぐれるほどの穴が、やがて空いた。

「ゆけ」

「はい」

　青い顔をして、緊張した面持ちの役人のひとりが、その穴に頭を突っ込み、抜けようとしたその瞬間――

ばりっ、

と音がして、塀の向こうで稲妻がひらめいた。

「ほでっ！」

と声をあげて、上半身をその穴に突っ込んだまま、役人は動かなくなった。

どういうやり方をしようと、結界を越えようとすれば、雷に打たれてしまう。

それが、ようやく理解された。

「むむう……」

と唸っていた赤井忠晶に、

「吉右衛門殿を、お呼びいたしましょう」

そう言ったのは、松本一之進である。

「そもそも、この退魔寺〝こもり大黒の寺〟へゆけと言い出したのは、吉右衛門殿にござります。吉右衛門殿なら、何やらよい智恵（ちえ）があるやもしれませぬ」

「なるほど――」

もっともな意見であった。

「ゆけ、すぐに、吉右衛門殿をここにお呼びせよ」

赤井忠晶は言った。

三

「まずは、そういうわけで、わたしがここへ駆けつけたというわけでござります」

松本一之進はそう言った。

まだ、からくり屋敷の庭先であった。

星空の下で、立ったまま、松本一之進はこれまでのことを説明していたのである。

「凄（すげ）え、そんなことになってるのかよ――」

そうつぶやいたのは、甚太郎であった。

しかし、一同は真剣な顔をつきあわせたままで、甚太郎の言葉を咎（とが）める者はなかった。

「そのようなことが……」

松本一之進がしゃべっている間中、硬い表情でそれを聴いていた吉右衛門は、声をしぼり出すようにして言った。

「いかがでござりましょう。おいでいただけましょうか」

松本一之進の口調は、初めて吉右衛門と会った頃より、ずっと丁寧なものになっている。

その時、吉右衛門の脳裏をよぎっていたのは、千代のことであった。

千代と、その父親の行方がわからない。だが、ここでこのままじっと手をこまねいていたところで、居所がわかるというものではない。役人たちも、ふたりの行方については追っている。ここは、いったん、ふたりについては役人たちにまかせるべきではないか――

「行きましょう」

吉右衛門は答えていた。

「おお、おいでいただけますか」

「しばらくお待ち下さい。すぐに仕度をしてまいります――」

吉右衛門は、早足で母屋へもどってゆく。

素足であった。

十三や銕三郎、千吉たちも同様で、それぞれ履きものをとりにもどった。

三人は、履きものを履いて、すぐに準備ができたのだが、吉右衛門だけは、屋敷にあがり、いつも、鍵を掛けてあるからくり部屋にその足を向けた。

その後を、ばたばたと甚太郎がついてゆく。

「法螺右衛門、法螺右衛門よう。行くのかよう――」

吉右衛門は、無言で足を動かしている。

「なあ、おいらも一緒に行っていいかなあ――」

からくり部屋の鍵を開けている吉右衛門の背に、甘えたような声をかける。

「駄目だ」

吉右衛門は、からくり部屋に入り、甚太郎の目の前で、ぴしゃりと戸が閉められた。

「ちぇっ」

と、甚太郎が、拗ねた声をあげた。

「なあ、頼むよう。法螺右衛門、おれ、邪魔にならないようにするからよう」

言いながら、戸を叩く。

と――

わずかに戸が動いて、透き間ができた。どうやら、内側から鍵を掛けていないらしい。

「おい、法螺右衛門……」

言いながら、その透き間に、甚太郎がそろそろと顔を近づける。

中を覗こうとする。

まだ見えない。

そろり、そろりと、ゆっくり戸を開いてゆく。

「なあ……」

と、顔を近づけ、戸をさらに少し開く。

その時――

がらりと戸が開いた。

吉右衛門が立っていた。

「何をしている、甚太郎」

　吉右衛門が、甚太郎を押しのけるようにして出てくると、戸を閉めて鍵を掛けた。

「この部屋に、勝手に入ったり覗いたりしてはならぬ」

　吉右衛門は、甚太郎に向きなおった。

　吉右衛門は、その背に大きな葛籠を負っていた。葛籠に、革でできた背負い紐の如きものが付いていて、それを両肩に掛けているのである。背負った葛籠の上に、横に寝かせた傘が載っていて、動かぬように紐で、葛籠に固定されていた。

　ずいずいと、吉右衛門が歩き出した。

　さっきまで素足であったのだが、今は、足袋を履いている。

　吉右衛門の後を、甚太郎がばたばたと追ってきた。

　玄関で草鞋を履いている吉右衛門に向かって、

「なあ、法螺右衛門、おいらもついていっていいだろう、なあ――」

　甚太郎が声をかける。

「いかん」

　草鞋を履き終えて、吉右衛門は立ちあがった。

「家へ帰れ」

「やだよう、こんなに暗くなっちゃあ帰れるもんか――」

「ならば、ここを動くな。家では心配するやもしれぬが、今は、おまえを送ってゆく時間はない。家の者が、いずれ、おまえをここまで捜しに来るであろう。これについては、後で、おれが、おまえの父上に謝りにゆく」

言いながら、もう、吉右衛門は歩き出していた。

「おれも行く」

足を玄関に下ろしかけた甚太郎に向かって、吉右衛門は足を止めて振り返り、

「ならん」

いつになく、激しい声で言った。

甚太郎が動きを止めた。

足早に、吉右衛門は外へ出た。

すでに仕度を終えた十三たちが吉右衛門を待っていた。

「待たせたな」

言った吉右衛門を見、

「その背の葛籠は？」

十三が訊ねた。

「必要になりそうなものを持ってきた」

足を止めずに、吉右衛門は十三たちの横を通り過ぎてゆく。
その後に、皆が続いた。
夜の天に、禍星が、長く尾を引いていた。

巻の十三　からくり合戦

一

「堀河様をお連れいたしました」

　松本一之進が言うと、

「おお、おいでくだされましたか」

　赤井忠晶が、さっそく吉右衛門の所までやってきて、頭を下げた。

「事情は聴いております。あれから何かございましたか」

　吉右衛門は言った。

　吉右衛門の懐からは、猫の悟空が顔を出している。

「いいえ。堀河殿が来られるまではと、そのままにしております」

「それは、賢明でございました」

吉右衛門は、葛籠を下ろしながら言った。

山門の前に、三つの篝火が焚かれていた。

鉄の笊の中で、火が盛んに燃えて、あたりは明るかった。

その炎に、何匹もの虫が飛んできて、その周囲を舞っている。

すでに、あたりには、役人と見物人合わせて、百人以上の人間が集まっていた。

見れば、山門の中の石畳の上に、三人の役人の屍体と、犬の屍体が転がっていた。

山門の左横の土塀には、人がくぐれるほどの穴が空いている。そこに上半身を突っ込んで死んだ役人の屍体は、もうかたづけられたのであろう。

「我らには、今、ここで何が起こっているのか、皆目見当がつきませぬ。いったいどうしたらよいのか――」

赤井忠晶は言った。

「できるだけのことはいたします。まずは、見てみましょう」

「見る?」

「はい」

吉右衛門は、懐から悟空を追い出し、あらためて懐に手を入れて、何かを取り出した。

「何でございます」

「眼鏡にございます」

吉右衛門が手に持っているのは、まさしく眼鏡のようなものであった。ただ、普通の眼鏡よりは、玉が分厚く、しかも、蔓も太い。さらに、玉が透明ではなく、濃い暗青色をしていた。

何か言おうとする赤井忠晶を吉右衛門は制して、その眼鏡を掛けた。

「なるほど……」

吉右衛門はつぶやいた。

「何か見えるのですか」

十三が、吉右衛門の傍に立った。

「これを――」

吉右衛門は、眼鏡をはずし、十三に渡した。

「おう、これは……」

十三が、呻くように言った。

「な、何か見えるのでございますか」

赤井忠晶が、十三に言った。

十三は、眼鏡をはずし、吉右衛門を見やった。

「かまいません。まずは、赤井様にはこれをごらんになっていただくのがよいと思います

――」

言いながら、吉右衛門は、葛籠に括りつけられた傘をはずしている。

赤井忠晶が、眼鏡を掛けて、山門の方を見やり、

「な、何じゃ、これは!?」

驚愕の声をあげた。

「何が見えまするか」

落ちついた声で、吉右衛門が言った。

「山門をくぐったすぐ向こうに、糸の如き赤き筋のような光が、一本、二本、三本、四本……六本走っているのが見えまする」

「あの光に触れると、雷電が放たれます」

「な、な、な、なんですと？」

「赤井様、今は、詳しいことを説明しておれませぬ。申しわけございませぬが、しばらくは、黙って、わたしのすることを見ていていただけますか」

「し、承知じゃ。頼みましたぞ、堀河殿——」

「はい」

吉右衛門は、葛籠からはずした傘を右手に持って、立ちあがった。

いつの間にか、背に、葛籠から出した小さめの箱のようなものを負っている。

ばちり、

と音をたてて、吉右衛門は傘を差した。

右手に握った傘の柄の下のところから、紐のようなものが、吉右衛門が背にした箱へ繋がっている。

「眼鏡を――」

吉右衛門が左手を差し出すと、

「は、はい」

赤井忠晶は、眼鏡をはずして、吉右衛門に手渡した。

吉右衛門は眼鏡を掛け、

「では、行ってきます」

無造作に山門に向かって歩き出した。

吉右衛門は、足を止めなかった。

吉右衛門が、石段を登り、山門をくぐろうとした時、

「き、吉右衛門殿、あ、危のうござりまするぞっ！」

悲鳴のような、松本一之進の声があがった。

しかし、吉右衛門の足を踏み出す速度は変らなかった。

吉右衛門が、傘を差したまま山門をくぐった時、
ばりばりばりばりばり、

めりめりめりめりめり、

きいん、

と、たて続けに雷鳴が轟き、雷電が吉右衛門に叩きつけてきた。

「わっ」

と、見物人が声をあげた。

「吉右衛門殿！」

十三が叫んだ。

その雷電の中を、悠々と吉右衛門は通り過ぎて、屍体の場所を越えて、石畳の上に立った。

雷電が止んでいた。

吉右衛門が、傘を差したまま振り返ると、

「わあっ」

と、歓声があがった。

「信じられぬ」

「奇跡じゃ……」

赤井忠晶と、松本一之進が呻きと共につぶやいた。

「まだ、危のうござる。皆様は、わたしがよしというまで、山門をくぐってはなりませぬぞ」

「わ、わかりもうした……」

赤井忠晶が、興奮を隠しきれぬ表情で言った。

吉右衛門は、傘を畳んで石畳の上に置き、しばらく左右を眺めていたが、やがて、登りの石段脇の繁み(しげ)の中へ入り、黒い箱のようなものを両手に抱えて出てきた。

その箱を頭上に差しあげて、石畳の上に叩きつけた。

あらためて、吉右衛門は振り返り、

「もう、だいじょうぶでござります。山門の中へ——」

そう言った。

しかし、誰も、すぐに動こうとはしない。

顔を見合わせている。

「わたしがゆきましょう」

十三が、先に立って歩き出し、山門をくぐった。

何ごともおこらなかった。

ほっとしたような歓声があがり、次々に役人たちが山門をくぐってきた。

屍体がかたづけられ、三つの篝火が山門の内側へ運ばれて、石畳の上に置かれた。

「赤井様、まだでござります。まだ、誰も、石段を登ってはなりませぬぞ——」

吉右衛門は言った。

「承知じゃ」

赤井忠晶は言った。

すでに、この場をしきっているのは、赤井忠晶ではない、吉右衛門であった。

「これからです、これからでござります——」

吉右衛門は、石段上部の闇(やみ)を睨(にら)みながら言った。

石段の左右からは、杉や、檜(ひのき)、楓(かえで)の梢(こずえ)が被(かぶ)さっている。

篝火の灯(あか)りが届くのは、石段の中ほどよりやや上のあたりまでであった。

そこから先は、何も見えない。

「どういたします?」

赤井忠晶が、吉右衛門に訊(たず)ねた。

「お待ち下さい」

吉右衛門は、身をかがめて、足元の葛籠の蓋(ふた)を開け、中から、あるものを取り出した。

それは、一体の人形であった。

「そ、それは?」

松本一之進が問うた。

「丹兵衛じゃ」

「た、た、たんべえ？」

「わたしの作ったからくり人形じゃ」

そう言いながら、吉右衛門は、その人形——丹兵衛を石段の下に置いた。

丈一尺八寸ほどの人形である。髪は茶筅髷で、上下を身につけており、頭と眼が大きい。

次に、吉右衛門は、葛籠の中から巻物を取り出して、蓋を閉じた。

「それは？」

これも、松本一之進が問うた。

「軸じゃ」

吉右衛門は、そう言いながら、軸に巻きつけてある紐をくるくるとほどき、そして、軸を広げた。

「どこがよかろうか」

周囲を見回してから、石段下方の左側にある石燈籠の頭の上に、軸の上部の紐を引っ掛けた。軸が下がって、その全部が見えたのだが、

「堀河殿、こ、これは？」

赤井忠晶は、不思議な顔で訊ねた。

それも、無理はない。

その広げられた軸には、字も、絵も、何も描かれてはいなかったからである。本来であれば、画面となるはずの部分が、ただ四角い、一尺四方の何もない平面であった。

「いずれ、わかります」

吉右衛門は言った。

吉右衛門は、人形の丹兵衛のところまで歩み寄ると、丹兵衛の首の後ろの襟のところへ手を差し込んだ。丹兵衛の背のあたりを、吉右衛門の指先がさぐっているらしい。

丹兵衛は、自分が何をされているのか知らぬ様子で、石段の方にきょとんとした大きな眼を向けている。

吉右衛門の手が、丹兵衛の背から出てきた。

「始まりまするぞ……」

吉右衛門が言うと、

ぴい――っ、

と、音をたてて、丹兵衛の左右の耳から、蒸気が噴き出した。

皆が見守る中で、丹兵衛が動き出した。

きいい……

ことり、

きいい……

ことり、
丹兵衛の内部で音がする。
「あ、歩き出した……」
誰かが言ったが、その声の方を、誰も見ようとはしなかった。人形丹兵衛の動きに、皆が心を奪われていたからである。
きいい……
ことり、
きいい……
ことり、
丹兵衛の身体が、左へ傾き、右足が前に出る。次には、丹兵衛の身体が右へ傾き、左足が前に出る。
きいい……
ことり、
きいい……
ことり、
丹兵衛は、石段の下までたどりつき、そこで足を止めた。
丹兵衛の胸の高さに石段の一段目がある。

丹兵衛の両手が伸びて、一段目の石段の上部に乗せられた。丹兵衛の身体が、左へ大きく傾き、右足が持ちあがってゆく。その右足が、一段目の石段の縁に掛かった。

これで、両手と片足、三点が石段に触れたことになる。

「おおお……」

という、どよめきにも似た低い声が、皆々の口から洩れた。

なんと、丹兵衛は、その石段を、よじ登って、その一段目の上に、また、二本の足で立っていたのである。

きいい……

ことり、
と、丹兵衛は、また前へ進み、二段目の石段に、さっきと同じ手順で、両手と片足を掛けていた。

「あ、あれを――」

松本一之進が、大きな声をあげたのは、丹兵衛が、三段目の石段を登った時であった。

松本一之進の眼が向いていたのは、石段を登っている丹兵衛の方ではなかった。松本一之進が見ていたのは、さきほど吉右衛門が石燈籠に掛けた軸であった。

「おう!?」

「これは!?」

赤井忠晶、長谷川鋲三郎の口からも、思わず声が洩れていた。

それは、ついさっきまで何も描かれていなかったはずの軸の画面に絵が現われていたからである。

しかも、その画面は――

「う、動いている！」

松本一之進は、軸に向かって叫んだ。

その通りであった。

軸の画面の中に現われた絵が、動いているのである。

しかし、それは、何の絵か。

何本かの、平行した線が、水平になったり、右に傾いたり、左に傾いたりしながら、動いている。

「わ、わかりやしたぜ、こいつは、こいつは――」

鋲三郎が、軸を指差した。

「何じゃ」

赤井忠晶が問えば、

「ここだ。ここです。この石段です。この石段が、画面の中で動いてやがるんだ」

鋲三郎が、掛軸を差していた指を石段に向けた。

「なに!?」

と、赤井忠晶をはじめとして、皆々が石段へ顔を向けた。

そこでは、あの丹兵衛が動いている。

すでに丹兵衛は六段目から七段目に登ろうとしていた。

赤井忠晶は、何度も石段と軸を交互に見やり、

「言う通りじゃ。確かに軸の中の絵はこの石段じゃ。しかし、軸の方には、あの人形がおらぬではないか――」

そう言った。

「わかりました」

つぶやいたのは、十三である。

「そこの軸に現われた絵は、あの人形の丹兵衛が、今まさに眺めている風景にございましょう」

「まさか、そのようなことが……」

赤井忠晶が、驚愕（きょうがく）の余り、低くなった声で言った。

「その通りじゃ」

言ったのは、吉右衛門であった。

「十三殿の言われる通り、あの軸に映（えい）じているのは、今まさに丹兵衛が見ている風景にご

ざります」

吉右衛門は、右手の親指を動かした。

よく見れば、吉右衛門は、右手に竹筒を持っていた。握れば手の中に隠れてしまうほど短い竹筒であり、その表面に、幾つかの小さな突起があった。吉右衛門の右手の親指がその突起のひとつに触れている。

「おう、人形が、こちらを――」

松本一之進が言う。

すでに十段目に立っていた丹兵衛が、足を動かし、上体を回して、まるで人がそうするように後方を振り返り、石段の下方を見下ろした。

「あっ」

と、一同の口から、驚きの声があがった。

人形の丹兵衛が振り返るのと同時に、絵がぐるりと動いて、なんと、軸の画面に、まさに石段の上から石段の下方を見下ろした風景が映し出されていたのである。

石段の下方から、丹兵衛を見あげている人々、そして、石燈籠に掛けられた掛軸を見やる人々が三つの篝火に照らされた画面の中にいて、しかも動いていた。

「あ、あれはわしじゃ。今動かしているこの手があそこで動いておる」

松本一之進が、軸を見やりつつ、上に持ちあげた手を振りながら言った。

と──

画面の絵が、だんだんと大きくなって、石段を見あげている赤井忠晶の顔が大映しにな
った。

どよめきが起こった。

赤井忠晶は、軸を見ながら半歩退がり、丹兵衛を見やって、上体を前に押し出し、そし
てまた画面に眼をやった。

赤井忠晶が大映しになっていた画面がゆっくりもとの石段下の風景にもどりながら、ま
た画面がぐるりと動いてゆく。

丹兵衛が背を向けていた。

画面にはまた、石段が映っている。

登り始めた。

途中から、丹兵衛の登る速度がゆっくりとなり、一段登るごとに、正面、左右、上方を
見回し、周囲を確認しながら登るようになっていた。

「画面に、何か怪しいものや、妙なものが見えたり、何か気づいたことがありましたら、
すぐに声をかけていただけまするか──」

吉右衛門が言った。

十段を越え、十五段目を越え……

石段の中ほどに達したかと思えるあたりで、画面に映じていた石段の風景がよく見えなくなった。

篝火の灯りが、届かなくなってきているのである。

その時、画面がふいに変化をした。

暗くなっていた画面が明るくなったのである。

丹兵衛の両眼が、輝いていた。丹兵衛の両眼から光が放たれて、それが、石段を照らしていたのである。

丹兵衛が、その顔を左右に動かすと、両眼から放たれている光も左右に動く。

左を見、右を見、それがもとにもどろうとしたその時——

「あれは!?」

そう言ったのは十三であった。

丹兵衛の動いていた顔が止まった。

「もどしてくれませんか、もそっと右です」

十三が言うと、丹兵衛の顔が、ゆっくりと右へもどってゆく。

「そこじゃ」

丹兵衛の顔の動きが止まった。

十三は、掛軸のすぐ前まで歩み寄り、画面中央よりやや右に寄ったあたりを指差した。

十三が示したのは、そこに生えている杉の樹の根元のあたりで、下生えがその周囲を覆っている。

「ここです、ここで何か動いた」

十三が言う。

十三が指を差している箇所が画面の中央になって、そこが、ゆっくりと大映しになってゆく。

「おおう……」

と、声があがったのは、そこに大映しになったものが何であるかわかったからである。

「Ｎｉｉｉｉｉ……」

と、吉右衛門の足元で、悟空が鳴いた。

画面に大映しになったのは、人の手であった。人の手首から先が、下生えの繁みの下方に見えている。そこから向こうは、繁みの奥であり、杉の幹の陰になっていて、見えなかった。

ぴくりと、その指先が動いた。

「生きておりまするぞ！」

松本一之進が言った。

「どういたしまするか？」

赤井忠晶が、吉右衛門を見た。

「三、四人であそこまで行って、あの手の主をここまで下ろしていただけませぬか」

吉右衛門が言うと、

「佐藤、鈴木、立川、おまえたちがやれ。市村、木村、おまえたちふたりはその警護じゃ。鉄砲隊は、いつでも撃てるように用意せよ」

赤井忠晶が言った。

鉄砲隊四人が、石段の下に膝立ち(ひざだ)になって、鉄砲を構えた。

その中を、佐藤、鈴木、立川が石段を登ってゆく。

その先頭を、市村、木村が抜刀した剣を握って、石段に足を乗せてゆく。

「充分気をつけて。丹兵衛より上へ行ってはなりませぬぞ」

吉右衛門が言う。

丹兵衛は、さらに二段を登っており、注意深げに、首(こうべ)をめぐらせて、周囲に視線を向けている。

「罠(わな)やもしれぬからな、気を抜くなよ」

赤井忠晶が言う。

五人は、腰を低くし、石段の縁に手を添えながら、石段を登ってゆく。

手の見える高さに到達し、五人は、そろりそろりと右手へ移動した。

下生えを分け、手に近づいてゆく。
声をあげる者がなくなった。
五人が、動きを止めた。
やがて、佐藤が意を決したように、下生えの中に足を進めて、かがみ込んだ。
丹兵衛の眼から放たれる灯りが、それを照らした。
「僧がひとり、倒れておりますっ!」
佐藤が叫んだ。
「まだ、息がありまするぞ」
「下ろせ。急げよ」
赤井忠晶が声をかける。
鈴木と立川が、下生えの中に飛び込んで、三人でそこに倒れていた僧を抱えあげた。
それが、掛軸の画面の中に映っている。
三人で、僧を抱えて石段を走り下りてきた。
その後方から、剣を握った市村と木村が下りてきた。
丹兵衛は、石段の中ほどに立ち、上方を見つめながら動きを止めている。
僧が、石段の下に、仰向けに寝かされた。
五十代半ばほどであろうか。

寝かす時に見れば、背に、右肩から斜め下に向かって、ざっくりと刃物傷があった。深い傷だ。

まだ、血は止まっていない。

流れ出た血で、僧衣がずっしりと重くなっている。

篝火の赤い炎に照らされていても、血の気が引いて、その顔が青く見える。

「あの男ですね……」

十三が言った。

「あの男？」

吉右衛門が問う。

「永代橋の下で、無宿人たちを斬った男がいました。斬り口がそっくりです……」

「蝸牛か!?」

「ええ」

「というと、不知火の連中が、この退魔寺にいると？」

これは、松本一之進が言った。

「そういうことです」

十三は、石段の上を睨んだ。

その時——

仰向けにされていた僧の唇から、低い呻き声が洩れた。

「む、むうう……」

「大丈夫か――」

赤井忠晶が言う。

「あ、あなたは……」

「火付盗賊改、赤井忠晶じゃ」

言われた僧が、薄く眼を開く。

「赤井……さま……」

「名は、名はなんという」

「退魔寺の、て、天忍と申します……」

「な、何があったのじゃ。いったいどうしたのじゃ」

「ぞ、賊が……」

「賊？　不知火の連中か？」

「――」

「ど、どうしたのじゃ、言えぬのか……」

「い、言えませぬ」

「何故じゃ、何故言えぬ」

「何があろうと、何が起ころうと、わ、割り符を、割り符を持たぬ者には……」

「割り符じゃと!?」

「大黒天の割り符を持たぬ者には、たとえ……たとえ死すとも、何も言ってはならぬというのが、決まりにござります……」

僧――天忍が、消えそうな声で言った時、

「その、割り符というのは、これか――」

吉右衛門が、しゃがんで天忍に語りかけている赤井忠晶の横に立っていた。

吉右衛門は、懐に左手を入れ、そこから布に包んだものを取り出した。

布を解いて、中から出てきたものを手に持ち、しゃがんで、それを僧の眼の前にかざした。

「こ、これは……」

「大黒天の割り符じゃ」

吉右衛門が左手に持っていたのは、十郎太から預かった、あの、大黒天の割り符であった。

「おう……」

下から、両手を伸ばし、天忍が、吉右衛門の手から、大黒天の割り符を受け取った。

大黒天の割り符を右手に持ち、天忍は左手を自らの懐に入れ、中から何かを取り出した。

大黒天のもう一方の右半分——割り符であった。

それを、右手に持った大黒天の左半分と重ね合わせた。

それが、ぴたりと重なった。

頭部、鼻、口、顎、喉から胴に至るまで、寸分の狂いもなく、左右の大黒天の割り符が合わさったのである。

「これじゃ、まさしくこれじゃ！」

喜悦の声をあげて、天忍は吉右衛門を見あげた。

「天海様以来、百数十年、代々、我らはあなた様をお待ち申しあげておりました……」

天忍の眼からは、涙がこぼれていた。

「本当に、そのお方がやってくるとは……本当に、その方とお会いできるとは、わたくしも思うてはおりませんでした……」

「この割り符は、何なのだ？」

吉右衛門が問うた。

「この割り符のかたわれ持ちたる者現われし時、宝物殿の扉を開けよと……」

「宝物殿!?」

「天海様が残された宝物の隠されている地下倉にござります」

「天海様の宝物？」

「は、はい……」

　消えそうな声で、天忍はうなずいた。

「その天海様の宝物を、あなた様がいつかやってくるその日まで、百年であろうと二百年であろうと、たとえ、千年、万年であろうと、お守りするのが、我らの、この退魔寺の役目にござります」

　自ら顎を引き、何度も、何度も天忍はうなずき、

「本当であった、本当に現われた。本当のことであった……」

　そうつぶやいた。

「宝物とは何じゃ」

　吉右衛門は問うた。

「わかりませせぬ。宝物殿に何が納められているのか、たれもわかりませぬ。知っていたのは、天海様、ただお独り……」

「何があったのじゃ。いったい、退魔寺は、今、どうなっているのじゃ」

「あなた様にならば、申しあげましょう」

　天忍は、唾を呑み込み、

「突然、あの男がやってきたのです。自ら大黒天と名のり、宝物殿を開けよと言いました。我らが、大黒天の割り符を見せよと申しますと、そんなものはないと……」

細い息と共に言った。

「お、怖ろしい連中です」

「連中というと、大黒天ひとりではなかったということか――」

「は、はい」

天忍がうなずくと、

「な、何人であったのじゃ」

横から赤井忠晶が問う。

「は、はじめは、五人であったか、六人であったか――」

「人数が増えたと？」

「さらにその後、十人に余る人間がやってまいりまして。たしか、はじめは、お、女も混ざっていたと思います。そして、不気味な黒い犬が一頭……」

「い、犬か……」

赤井忠晶が眉をよせた。

「さ、最初は、戸を閉めにいった、て、天覚が、く、蜘蛛を……」

「蜘蛛!?」

これを問うたのは吉右衛門である。

「わ、わたくしも見ました。きょ、巨大な蜘蛛が石段を上って……」

　天忍は、ここで息を詰まらせ、二度、三度空気を呑み込むように喉を鳴らし、そして続けた。

「その蜘蛛から、だ、大黒天が……」

「それで、宝物殿を開けよと？」

「そ、そうです」

「いやだと言ったのですね」

「言いました。すると、腕ずくでもと大黒天が……」

　ここで、十三が口を挟んだ。

「確か、こちらには、三天狗と呼ばれる僧がおられたかと思いまするが――」

「おります」

「天水殿、天山殿、天空殿のお三方ではござりませぬか――」

「は、はい。よく御存知で――」

「我らのような、剣の道を歩む者には、密かに伝えられることです。当麻山に三天狗ありとは、時おり耳にする。天水殿の話は、わたしも耳にしたことがあります――」

二

――当麻山に三天狗あり。

とは、剣を生業(なりわい)とする者たちの間に、いつからともなく伝えられる話である。

曰(いわ)く――

剣の天水。

槍(やり)の天山。

弓の天空。

天水は、柳生新陰流(やぎゅうしんかげりゅう)を学んだ剣の達人で、剣で、水の入った甕(かめ)を断ち割って、しばらくはその水がこぼれないと言われている。

天山は、宝蔵院の流れをくむ槍術(そうじゅつ)の名人で、持った槍を片手で突いて山のこちら側から向こう側まで抜くという。

天空は、六間(けん)離れたところより的を射て、一矢目が的に当る前に二矢目を放つことができるという。五人張りの剛弓(ごうきゅう)を引いて、天に向かって放てば、空に吸い込まれたが如くに矢が落ちてこないとの話もある。

それぞれに、まことしやかな逸話が伝えられている。

まずは、剣の天水。

何の用事であったかは知らないが、ある時浅草へ出たというのである。

用事を済ませて、ふと奥山へ足を向けた。

ただ一人(いちにん)である。

たくさんの見世物小屋があって、そのうちのひとつに剣を出しものにしている小屋があった。

そこに出ている者に、河井与四郎(かわいよしろう)という者があった。

西の方の某藩の藩士であったらしいが、故あって藩を出て浪人をし、食いつめてこの見世物小屋で腕を見せるようになったと言われている。

何流であるかは口にしなかったというが、腕は確かで、主に得意としていた出しものは三つあった。

客に棒きれ一本を持たせ、自らは素手で、客に自由に打ちかからせる。ひと打ち一文。空振りひとつで一文を払う。そのかわり、与四郎に当てることができれば一両をもらうことができる。与四郎は、どういう攻撃もしない。ただ、客の振ってくる棒をよけるだけだ。

これが、当らない。

客が振ってくる棒を、右に、左に体をかわしてよける。最初は遠慮していた客が、おもいきり振っても当らない。頭を打つと見せて、胴を払ってきても、棒は空を切ってしまう。

もうひとつの出しものは、真剣を使う。

客の鼻先に、飯粒をのせ、それを切る。

飯粒に切れ目はついても、ふたつに切れてなければ、与四郎の負け。飯粒は切れても、客の鼻にわずかでも傷をつけたら与四郎の負け。

いずれの場合も、小屋側から客に一両が出る。

刃を鞘に納めたまま与四郎が客の前に立って、抜きざまに切る。

一度も失敗したことがない。

めったに客は出てこないが、最初に小屋で使っている飯炊き女が出て、鼻先に飯粒をのせ、二度、三度、切られてやると、客が出てくる。

時に、客は、わざと後方に退がって飯粒を切られまいとしたりもするが、飯粒はあやまたず、真っぷたつになる。

もうひとつは、魚を使う。

生の魚を前に置き、刃を鞘に納めた与四郎が立つ。

そのうちに、蠅が集まってきて、魚の周囲をうるさいくらいに飛びまわるようになる。

ほどよいころを見はからって、与四郎が剣を抜く。

一度、二度、三度――合わせて十度、与四郎は剣を振って、刀を鞘に納める。

その後、下に落ちている蠅を拾って数えると、ぴったり十匹――ちょうど与四郎が剣を振った数だけの蠅が切られて死んでいるのである。

いずれの出しものも、終ればやんやの喝采を浴びる。

この小屋の前を、三天狗のひとり、天水が通ったというのである。

看板が出ている。


〝河井与四郎先生、棒よけ、飯粒切り、蠅切りの妙技〟


と書かれている。

立ち止まって、ふとこれを眺めた天水、何か思うところがあったのか、

「ただの軽業のたぐいじゃな……」

ぽつりとそうつぶやいた。

それが小屋の前で呼び込みをやっていた者の耳に入った。

たまたま虫の居所が悪かったのか、普段なら聴き流せるところが、聴き流せなかった。

立ち去ろうとした天水を、

「おい、あんた」

呼び止めた。

「今、なんつったんだい」

「いいや、口にした。ただの軽業と、わざとこっちの耳に入るように言いやがったな
はない。たまたま、呼び込みをやっていた者の耳にだけ入ってしまったものだ。
天水にしてみれば、思わずつぶやいてしまっただけで、誰かに聴かせようとしたもので
「いいや、何も言うてはおらぬ」
「うちの先生のことを馬鹿にしたろう」
「いや、何も」

——」

「それは済まぬ。独り言じゃ。この通りじゃ、許されよ」

天水は頭を下げたが、

「いいや許されねえ」

呼び込みをやっていた男の声が荒っぽくなってゆく。

そこへ、たまたま、件の河井与四郎が出てきた。

「どうした」

と問えば、

「そこの坊主が、先生の技をくだらねえつまらんもんだと言いやがったんで——」

呼び込みの男がそう言うから、与四郎も、

「本当か」

と、天水に問うてくる。

「くだらぬとかつまらぬとか、そうは言うてはおりませぬ」

「何と言うた」

問われたからとて、〝ただの軽業とは言った〟、そう言えるものではない。

天水は、

「御無礼をいたしました。許されよ」

なおも頭を下げたのだが、この時には見物人が周囲に集まってきている。

天水の姿を眺めていた与四郎——

「御坊、多少は腕に覚えありと見ゆるが——」

そう言った。

「腕に覚えなどござりませぬ」

「いいや。言うからには、そのくらいは自分にもできるということでござろう」

与四郎は、ずいと前へ出て、

「木刀を持ってこい」

そう言った。

「へい」

と答えた呼び込みの男、木刀を持ってすぐにもどってきた。

木刀を右手に握り、

「それがしが、これよりこれでそなたに打ちかかる。骨を砕こうとは思わぬ。軽く当てるだけじゃ。そなた、これを受けきってみよ」

与四郎が前に出てきた。

「お待ちを――」

そう言っている天水に向かって木刀を打ち下ろしてきた。

当らない。

木刀は、天水の鼻先を上から下へ掠めただけだ。

「うぬ」

むきになって、与四郎は木刀を打ち込んだが、これもかわされた。

天水は、一歩も動いてはいない。

「しゃっ」

と、与四郎が横に木刀を振ってきた時には、いつの間にか、天水は与四郎の懐に入っていて、木刀を振った腕が、天水の手に柔らかく止められる。

与四郎が技を放った時には、もう、天水はその間合の外にいる。これから何をしようとしてるか、すでに読まれているようであった。

与四郎が息を切らしたところへ、

「あいすみませぬ。急ぎまする故、これにて――」

さっさと天水はその場を後にしてしまったというのである。

十三は、この話を、当の河井与四郎から聴いた。

「あとで、当麻山の天水と知り、三天狗これほどのものであったかと驚きもうした」

与四郎は十三にそう言った。

与四郎は、以来見世物をやめ、剣を再び学びはじめた。

十三の道場を、剣のことで訪ねてくることがあり、剣技の話などするおりに、

「恥ずかしながら――」

と、与四郎がこの話をしたのである。

「剣の見切りができたと思うておりましたが、そうではござりませんでした。本当の見切りというは――」

と、与四郎が十三に語ったのは――

まず、己の鼻先、両手の甲に、それぞれひと粒ずつ、三粒の飯粒を置き、相手に真剣を持たせ、自分に対して自由に斬りかからせる。

その刃を何度かかわし、それが終ってみれば、鼻先、両手の甲に置いた飯粒が、いつの間にか全て真っぷたつに切られている。もちろん、これは、相手の剣が、自分の身体についた飯粒のみを両断するように、受ける方が動いたためである。

「かの宮本武蔵先生は、見切りの達人であったと聴きおよびまする。おそらくそのくらいはできたことでありましょう」

与四郎は、十三にそう言った。

槍の天山の話は凄まじい。

長さ六尺、柄の太さ二寸の剛槍を自在に操ったという。

ある時、退魔寺に、盗人が入ったというのである。

盗人は三人。

いつも、門を閉めきっているのは、金目のものがあるからだと、そう考えたらしい。

寺といっても、僧が六人。

刀を突きつけて脅せば、金目のものの在り場所を言うであろうと盗みに入った。

これを見つけたのが、天山であった。

天山が、

「ほいっ」

「おうっ」

「とうっ」

そう発する声を耳にして、他の者が駆けつけた時には、三人の賊は、すでに天山にやられた後であったという。

そのやられ方がものすごかった。

なんと、天山の槍には、三人の賊が、団子のようにまとめて串刺しになっていたというのである。

つまり、天山は、ひとり目の賊を刺し、その身体を柄にぶら下げたまま、ふたり目の賊を刺し、今度は、ふたりの賊の身体を槍に刺したまま、三人目の賊を、槍をふるって刺したということだからだ。

まだ相手がいれば、三人を槍にぶら下げたまま、四人目を刺していたろう。

「四人目がおれば、試してくれたに、おしいところであった」

天山は、そう嘯いたというのである。

弓の天空の話は、おもしろい。

天空、坊主のくせに酒が好きだという。

昼から酒を飲む。

それも、

「弓の稽古じゃ」

そう言って、昼から本堂の前の庭に胡座して、鉢になみなみと注がれた酒を飲む。

傍らに、弓と矢が置いてある。

一杯飲んでは、弓を取り、矢を天に向かって放つ。

矢は、落ちてきて、地面に刺さる。

ぐびり、ぐびりと、また鉢一杯の酒を飲み、また、やおら弓と矢を手に取って、矢を天に向かって放つ。

こうやって、鉢に十杯の酒を飲む。

飲み終った後には、地面に、十本の矢が突き立っていることになる。

天覚という僧が、その地に突き立った矢を拾いにゆく。

「今日は、何匹じゃ」

天空が訊く。

「十匹にございます」

矢を見ながら、天覚が答える。

「全て当りじゃ」

天空が、笑いながら立ちあがる。

天空は、つまり、いったん天に向けて放った矢で地を這う蟻をねらい、それを全て命中させていたことになる。

どれも逸話であり、十三が耳にした天水の話以外は、本当か嘘か確かめようがない。

しかし、寺に、天水、天山、天空、天忍、天覚、天生という僧がいて、そのうちの三人が、武においてたいへんな手練れであるというのは、知る人ぞ知ることであった。

当麻山退魔寺――寺というよりは、むしろ、堀のない城といった方がよいものであるらしかった。

三

最初に、蜘蛛を見たのは、天覚であったという。

夜――

就寝前の短い勤行(ごんぎょう)を本堂で済ませた後、妙な風を感じたというのである。

本堂から伸びた渡殿(わたどの)を、寝所にしている星海堂(せいかいどう)の方へ、燭(しょく)の灯りをたよりに六人が歩いていたところ、その風が吹いてきたのだという。

ちょうど、渡殿からは、下の大門まで下ってゆく石段の降り口が見える。その石段の降り口の左右に熊笹(くまざさ)が生えていて、その葉が、妙な揺れ方をしていたのである。熊笹の、石段側だけの葉が、ゆらゆらゆらゆらと、常と違う揺れ方をしていた。それが、月明りに見てとれた。

「誰(たれ)ぞ来たか」

と、天忍が言った言葉の意味は、他の五人もわかっていた。

そこの熊笹の葉がそのような揺れ方をしている時は、たいてい、下にある大門の大扉が開いている時である。大扉が開いていると、そこから石段を風が吹きあがってきて、件の笹の葉が、そのような揺れ方をするのである。
大門の大扉は、常は閉められている。
その脇に設けられた木戸は、夕刻に天覚が閉めている。
「様子を見に行ってまいりましょう」
と言ったのは、天覚である。
天覚は、素足のまま庭へ降り、石段の降り口に向かって歩き出した。
天覚が、石段に近づいてゆくと、渡殿にいる時にはわからなかったある音に気がついた。
わしゃ、
ぎとん、
わしゃ、
ぎとん、
という音だ。
その音が、少しずつ大きくなってゆくのは、天覚が石段に近づいてゆくためばかりではない。音の方からも、こちらに向かって近づいてきているらしい。
わしゃ、
ぎとん、

わしゃ、
ぎとん、
石段の降り口に立って、下を見おろした時、天覚は、

「あっ」

と声をあげていた。

そこに、異様なものを見たからであった。

石段の中ほどよりやや上に、それがいたのである。

それは、巨大な蜘蛛——そうとしか言えないものであった。

石段の上には、樹の梢が被さっていて、月明りの半分は遮(さえぎ)られている。しかし、その半分の月光の中に、その蜘蛛の姿が見えていた。

丸みを帯びた胴の部分は、小さな小屋ほどもあるであろうか。その中央部に畳を敷きつめれば、おおむね四畳半ほどにもなるかもしれない。

十尺に余るかと思える長い脚が、胴の左右に四本ずつ八本。

その八本の脚が、それぞれ独立しながら、動いている。動きながら、石段を登ってくる。

その脚が動き、石段に触れるごとに、
わしゃ、
ぎとん、

わしゃ、
ぎとん、
という音が聴こえてくるのである。

蜘蛛ではない。このように大きな蜘蛛などこの世にあろうはずはない。しかし、それは、蜘蛛としか呼べないものであった。

そして、その蜘蛛の脚元に、人がいた。

ひとり、ふたり、さんにん……四人。

四人の人間と、そして、一頭の犬——四人と一頭が、蜘蛛と一緒に石段を登ってくるのである。

どうも、その四人のうちのひとりは、女のようであった。

すでに、天覚は、石段に一歩片足を踏み下ろしている。そのかたちのまま、身体の動きが止まってしまったのだ。

その様子を渡殿より眺めていた天忍から、

「どうした、天覚——」

声がかかる。

「わ、わかりません。お、大きな蜘蛛が……」

天覚は、渡殿の方を振り返って言った。

その、怯(おび)えた様子を見て、天水、天山、天空が、渡殿の床を蹴(け)って、奥へ姿を消した。

渡殿に残ったのは、天忍と天生のふたりになった。

天覚は、まだ、石段を登ってくる蜘蛛と人を見おろしている。

片足を踏み下ろしたまま動けない。

その時——

かっ、と、巨大蜘蛛の両眼から光が放たれた。

「わっ」

と、天覚は、足を引きもどし、後方に退がった。

わしゃ、
ぎとん、
と、蜘蛛が石段を登ってくる。

蜘蛛が近づいてくるのに合わせ、天覚はさらに後方に退がってゆく。

本堂を、すぐ背後に背負うかたちになって、ようやく天覚はそこで足を止めた。

それぞれ、武器を手にした天水、天山、天空が、天覚の横に並んだからである。

天水は、左手に剣を。

天山は、両手に槍を。

天空は、矢の入った胡籙(やなぐい)を背負い、左手に弓を、右手の指の間に三本の矢を挟んでいた。

「どうしたのじゃ、天覚……」

天山が、石段の方を睨みながら言った。

「く、蜘蛛じゃ、おそろしく大きな蜘蛛が……」

天覚が、震える声で言った時、蜘蛛の光る両眼が、石段の下から現われてきた。

「むうう……」

と、天山は唸った。

「む」

「おう……」

天水と、天空も、小さく口の中で声をあげていた。

その巨大な蜘蛛が、その全身を、月光の中に現わしてきたからである。

蜘蛛は、止まらなかった。そのまま、天覚たちの立つ本堂に向かって歩いてくる。その横に、四人の人間と一頭の黒い犬が並んで歩いてくる。

本堂と石段の中間で、蜘蛛と四人と、一頭は止まった。

蜘蛛の横に立つ四人は、ひとりが女であった。

女は、ぬらりとした白い魚体のような姿で、月明りの下に立っている。

山女魚(やまめ)であった。

山伏姿の男は、鼬(いたち)の五右衛門(ごえもん)である。

その横に立つのが、くさめの平吉。
平吉の横に立っているのは、刀を、鞘ごと首の後ろで、肩と平行に担いでいる、蝸牛である。
蝸牛の足元に、黒い犬が、鬼火の如く青く燃える眸をして立っている。
きちきち、
ちぃーん、
ちぃーん、
という音がして、
のしゃっ、
めしゃっ、
と、蜘蛛の長い脚が、短くたたまれてゆき、胴体部分が下がってきた。
ぬちっ、
ほちっ、
と、脚がぴたりと胴へ寄って、ついに蜘蛛の腹が、地面に近い場所まで下がってそこで止まった。
蜘蛛の横腹が、
ぼろん、

と開いて、そこから、全身黒ずくめの男が出てきて地に下り立った。

両肩から背へ、黒い布が下がり、その裾が前の方にも回されているため、男の身体は黒い布で覆われている。

頭部も、黒い布で包まれ、見えているのは、口と両眼だけであった。

その男が、四人の前に歩み出てきて、足を止めた。

「わが名は、大黒天――」

と、その黒ずくめの男は言った。

「何用じゃ」

横手からそう言ったのは、天忍である。すでに渡殿から降りて、天忍と天生は、本堂の前まで歩いてきていたのである。

大黒天と名のった男は、天を見あげた。

そこに、尾をひきはじめた禍星が見えている。

顔をもどし、

「刻がないのでな、短く言おう」

大黒天は、天忍を見やった。

「地下倉、宝物殿の扉を開けてもらいたい」

大黒天の言葉に、

「おう……」

と、天忍、天生、天覚、天水、天山、天空の六人は、それぞれに低く呻いた。

「ぬしは当山の地下倉のことを知りたるか!?」

天忍は言った。

「知りたるが故に頼むのじゃ、宝物殿を開けてもらえぬか」

「割り符は?」

「それが、大黒天の割り符のことであれば、持ってはおらぬ」

「ならば開けられぬ」

「何故じゃ」

「おぬしが割り符を持ってはおらぬからじゃ。おぬしは、我らが待つ者ではない」

「宝物殿の地下倉のことも、天海和尚(おしょう)の秘宝のことも、大黒天の割り符のことも知っている。それだけ知っていれば、このおれが、おまえたちの待つ人間であるとわかるはずじゃ――」

「いいや。我らが使命は、ただ、割り符を持つ者を宝物殿に案内し、扉を開けることだけじゃ。持たぬ者を案内するわけにも、扉を開けるわけにもゆかぬ」

「開けぬとあらば、腕ずくでゆくことになる。自ら開ける方が身のためじゃ」

「腕ずくじゃと?」

言ったのは、天山であった。

槍を軽くしごいて、ずい、と前に出る。

「無理にでも通るということじゃ。ここに、屍体が転がることになってもな」

「それは、どちらの屍体のことかな」

天山が、また前に出る。

その時――

「ひへっ」

声をあげて、平吉が手を振った。

その手から、銀光を放つものが、月光の中を天山に向かって伸びた。

きん、
と音がして、その銀光を放つものに何かがぶつかって、地に何かが転がった。

鋏(はさみ)であった。

その横に落ちているのは、一本の矢であった。

天空が、右手の指の間に挟んでいた三本の矢が、二本に減っていた。天空が、矢を射て、宙を飛んできた鋏を射落としたのである。

「よけいなまねをするな、天空」

天山が言った。

「へひぃ!?」

平吉が、狂気に満ちた眼を、天空に向けた。

「やめとけよ、平吉。おまえにゃ無理だ」

蝸牛が言った。

「うるせえ」

平吉が声を張りあげた時、黒い犬が動き出した。

矢を射たばかりの天空の前に、黒い犬が立った。

「おめえの代りに、夜叉丸が弓の相手をするってよ――」

蝸牛が言った。

「てめえは、どうするんでえ」

「おれは、この槍の相手でもするか」

ずい、と動いて、蝸牛は天山の前に立った。

「わたいはどうしようかねえ」

山女魚は、三人の僧を、じろじろと眺めながら言った。

「やめとけ。おれと平吉と、ふたりがかりでやったって、やばそうな相手だ」

山伏姿の五右衛門が、天水を見やりながら言った。

「それがしがつかまつろう」

後方の石段の方角から声がした。

石段を登りきったところに、ぼろぼろの野袴をはいた、蓬髪の漢が立っていた。

漢は、その肩に、ひとりの女を担いでいた。

女が動かないのは、死んでいるためか、意識がないためか。

漢は、女を石畳の上に下ろし、悠々とした足取りで前に出てきた。

「山女魚とやら、あの女の面倒を頼む……」

そう言って、漢は天水の前に立った。

「石段を登っている時から、何やらむずむずするような気が感じられた。それは、どうやらおまえのようだな」

漢が言う。

「わたしも、さっきから感じていたことがありました」

天水は、静かな声で言った。

「大きな山が、石段をゆっくりと登ってくるような気配です。それがあなたでしたか」

「……」

「たちあうか？」

「悦んで……」

天水は、左手に、まだ刀身の納められたままの鞘を握って、前に出た。

「ぬしらよ、誰も、我らの闘いに手を出すなよ。出した者は、誰であっても斬る」

漢は、そう言って、軽く両足を左右に開いた。

「新免武蔵……」

と、漢は言った。

「天水」

と、天水はつぶやいた。

天水は、すらりと右手で剣を抜き放った。

ぎらりと、刃が、月光に青く光った。

天水は、左手に握っていた鞘を落とした。

からり、と鞘が地に触れて音をたてた。

「鞘を捨てたか……」

武蔵はつぶやいた。

「遙かな昔に、そうやって鞘を捨てた男と闘ったことがあったが――」

「どちらが勝ったのです?」

「このおれが、こうしてここに立っている。それが答じゃ」

言いながら、武蔵は、右手に大刀を、左手に小刀を抜いた。ふたつの剣の切先を、だらりと下に下げて、武蔵はそこに立った。

天水が、剣を両手で握り、星眼に構えた。

「ほう……」

と、武蔵が眼を細めてその姿を見た。

「柳生新陰流か」

武蔵はつぶやいた。

天水をしばらく眺め、

「よい姿じゃ、どこにも隙がない……」

ぼそりと言った。

「あなたは隙だらけです」

天水がつぶやく。

「そう思うたら、いつでも来ればよい」

「行けませぬ」

「何故じゃ」

「怖ろしい……」

天水の額に、ふつふつと汗の粒が光っていた。

「来ぬならば、おれからゆくぞ……」

むしろ、優しいとさえ思えるような声で、武蔵は言った。

そろり、
と、武蔵は前に出た。

巨大な山が、ふいに、じわりとにじりよってきたようであった。

その圧倒的な力の前には、何人(なんぴと)であれ思わず退(さ)がらずにはいられない。

しかし、それに、天水は耐えた。

「ほう、退がらぬか……」

武蔵は言った。

「退がれば、途端に額を断ち割られておりましょう」

「その通りじゃ」

武蔵は、また微笑した。

「楽しみじゃな、天水……」

「わたしも……」

答えた天水の声は、微(かす)かに震えていた。

「生命を懸けるというは、楽しい」

「それは、死がより近くにある時の方が、人は生を実感するからでござりましょうな」

「うん」

うなずきながら、また、じわりと山が動いた。

これにも、天水は耐えた。

「みごとじゃ」

武蔵はつぶやいた。

「武蔵殿」

「なんじゃ」

「この勝負、いずれかが死にまする」

「そうじゃな」

「いずれ、もうわたしはしゃべってはいられなくなりましょう。ですから、今のうちに礼を言うておきます」

「礼？」

「これほどの方と剣を交えることの悦びを体験できる日があろうとは、これまで思うてもおりませなんだ。ありがとう存じます」

「うむ」

「死して、悔いなし」

それを口にした途端、すうっと天水の肉に張りつめていたものが柔らかくなった。

「今度は、おれが怖い……」

武蔵がつぶやいた。

天水が、
ふっ、
と息を吐いた。

天水の気配が消えた。

「おもしろいな……」

言った時、武蔵の肉の内に、さらに巨大な山の量感が膨れあがった。

先ほどまでの天水であったら、思わずのけぞってしまうほどの、火球の如き気が、全身に、正面から叩きつけてきたのである。

その暴風の如き気を、それが微風であったかのように天水が受け流したその時――

武蔵が、左手に握っていた小刀を、ひょいと上へ投げあげた。

その角度、力の入れ方で、天水は瞬時にその小刀の軌道と、武蔵の意図を理解していた。

上へ投げられた小刀は、やがてその切先を真下に向けて、地上に落下してくる。その切先が落ちる先は、自分の頭である。

このまま動かなければ、頭上から落ちてきた小刀は、間違いなく自分の脳天を貫くであろう。それを剣で払うか、跳んで逃げるかすれば、その瞬間に、武蔵の剣が襲いかかってくるであろう。

小刀を剣で払っても、跳んで逃げても、そこに隙が生まれる。そこを武蔵はのがさぬであろう。

どうすればよいか。

考える時間は、ほとんどないも同じだ。しかし、天水は、どうすればよいかを、小刀が落下をはじめる前に理解していた。

真後ろに跳んだのである。

普通であれば、跳んだその瞬間、武蔵に駆け寄られて剣を打ち込まれるところだ。その一撃は受けられるであろうが、一度、完全な受け身に入ってしまったら、二撃目、三撃目には、身体のどこかに武蔵の剣を受けることになってしまうであろう。

しかし、真後ろであれば、武蔵が自分を追って踏み込んできた時、ふたりの中間には、武蔵の投げた剣がある。その剣が、まだ宙にあるにしろ、地面に突き立っているにしろ、武蔵はそれをよけて動かねばならない。

よければ、隙ができる。

それがいやなら、武蔵は動かぬはずだ。

動かねば、先ほどと同じ体勢でまた向きあうことになる。いや、その時には、武蔵の左手に小刀は握られていないであろうから、自分の方に分があるはずであった。

そう判断をして、天水は後方へ跳んだのである。

が——

武蔵は、それを読んでいたように前に出てきた。

「しゃあっ!!」

武蔵の口から、裂帛(れっぱく)の気合が迸(ほとばし)った。

信じられないことが起こっていた。

右手で打ち下ろしてきた武蔵の剣が、頭上から天水に襲いかかってきたのである。

ばかな!?

地に刺さった小刀が邪魔をして、剣は届かないはずであった。届くにしても、小刀を避けた動きをともなえば、もう少し遅れるはずであった。その遅れがなかった。

「ぬうっ!!」

天水は、頭上から落ちてきた武蔵の剣を受けた。

ぎがっ、
と、金属と金属の刃が嚙(か)み合う音がして、火花が散った。

その時、天水は、股間(こかん)に何かの感触を味わっていた。

冷たい感触だ。

一度出した小便が、また腹の中にもどってくるような――

「む!?」

と、天水は自分の股間を見下ろした。

もしかしたら、自分が、勝負の緊張で、小便を洩らしてしまったのかもしれないと思ったからだ。

そうではなかった。

自分の臍（へそ）から、刀が生えていた。

その刀の柄（つか）を、武蔵の左手が握っていた。

地に刺さっていたはずの小刀だ。

そうか――

ようやく天水は事情が呑み込めた。

武蔵は、自分に疾（はし）り寄り、右手の大刀を打ち下ろしながら、左手で、地に刺さっていた小刀の柄を握って、それを地から抜いたのだ。抜きざまに、下から、小刀の刃で、自分の股間を切りあげてきたのだ。

小刀は、恥骨を断ち割り、下腹を裂いて、臍（へそ）のところまではらわたと腰骨を切りあげてきたのである。

あまりにもみごとな武蔵の技であった。

そして、凄まじい。

「おみごと……」

天水は言った。

「なに、たいしたことではない」

武蔵は、言いながら大刀を引き、小刀を抜いた。

天水の股間から、大量の糞をひり出すように、はらわたがどぼりどぼりと地に垂れ落ちた。

「おぼぼぼぼぼ……」

天水は、はらわたが落ちてゆく間、そういう声をあげ、最後に自分がひり出したはらわたの上に、くたり、と座り込むようにして倒れ、白眼をむいて息絶えていた。

天空は、左手(ゆんで)に弓を持ち、右手(めて)の指の間に三本の矢を挟み、一本の矢を弓につがえて、弦(つる)を引いていた。

その矢の先で、黒い犬は動かない。

夜叉丸という名の犬であったか。

不気味な犬であった。

犬は、どういう犬であれ、闘う時には気配を丸出しにする。歯をむき出し、喉の奥で唸る。感情をそのまま見せる。

負けて逃げる時には、きゃんきゃんとなさけない声で鳴き、尾を後肢の間に丸め込んで去ってゆく。

その感情が見えないのである。

何をしようとしているのかわからない。

緑色の双眸（そうぼう）が、月光を受けて闇の中で妖（あや）しく光っている。

犬の身体の黒色が、そのまま闇に溶け込んでいるようにも見える。

この距離なら、犬が全力でこちらに走り寄ってきても、ここへ犬がたどりつくまでに、四本の矢の全てを射て、その全てを当てることができるだろう。

ただの犬ならばだ。

犬の牙（きば）がこの身体に届くよりも、こちらの矢の方が先に向こうに届く。

しかし、犬が動かない。

それが、天空が犬を警戒している理由である。すぐに、矢を射ずに様子を見ているのである。

だが、様子を見続けてもいられない。

天水と天山も、すでに敵とあい対してその闘いを始めようとしているからだ。

もしも、敵が勝ったら、自分が相手をする敵の数が増えてしまう。犬の動きを待つよりは、一矢で犬をしとめて、仲間の加勢をしてやる方がいい。

天空は、心を決めた。

犬の頭部にねらいを定め、射た。

ひょう、
と、矢が宙を疾って犬の頭に突き刺さるかと見えた時、犬は、頭を下げて走り出していた。真っすぐに、天空に向かって。

速い。

矢は、犬の耳と耳の間、頭のすぐ上を、後方に向かって疾り抜けた。

その時には、もう、次の矢が放たれていた。

次の矢は、走り寄ってくる犬の額に当った。

かあん、
と、矢ははじかれて、斜め上に飛んでいた。

犬が、鼻先をこちらに向けているため、額が、人のそれのように正面を向いていない。

斜め上を向いているのである。

犬の、分厚い頭蓋骨(ずがいこつ)が、矢をはね返したのかもしれなかった。

犬の速度が、あがっていた。

信じられない速度だ。

天空が頭の中に想定したよりも、倍は速い。

それでも、天空は、次の矢を射ていた。

今度は、頭部ではない。

胸であった。

胸に、矢の先がぶっつりと突き立つかと見えたその時、信じられないことが起こった。

犬が、横に跳んで、矢を避けたのである。

しかも、犬は、自分の身体の横を疾り抜けてゆこうとする矢を、顎を開いて、横からその矢柄の部分を横咥えに咥えてしまったのである。

次の矢を、弦につがえた時には、もう、犬は眼の前にいた。

「へごっ……」

と、天空は、何かを呑み込むような声をあげた。

その喉に、犬が咥えていた矢が刺さって、矢尻が後頭部へ抜けていた。

ごぴょっ、
ごぴょっ、
と、天空の口から、呼気と共に血がふき出した。

天空は、仰向けに倒れた。

倒れながら、天に向かって矢を放っていた。

倒れた天空の上に、犬がのしかかった。

ひと噛みで、犬は、天空の首を胴から切りはなしていた。

それを見ていた鼬の五右衛門が、

「ざまあねえや」

そう言った時、ふいに、その脳天に真上から、こつん、と何かが落ちてきた。

「あれっ？」

と、五右衛門は、自分の頭に手をやった。

指が、何か、硬い棒のようなものに触れた。

「あれっ、あれ!?」

五右衛門が、指で触れている、自分の頭から生えたものは、天空が、つい今しがた空に向かって放った矢であった。

「ありゃりゃりゃりゃりゃりゃりゃあ……」

五右衛門は、そう言いながら仰向けにぶっ倒れ、天に尾を引いている禍星を睨みつけながら死んでいた。

四

天山は、槍の穂先を蝸牛に向けて、腰を落としている。

蝸牛は、やはり同様に腰を落としているが、刀をまだ抜いていない。

首の後ろで、鞘ごと剣を肩と平行に担ぎ、にんまりと笑みを浮かべて天山を見ている。

右手で、剣の柄を握り、腰と上体を、左右にひょろひょろと揺らしながら、へこりへこりと天山に向かって間合を詰めてくるのである。

間合を詰めてきて、ひょい、とそれをはずす。

槍の間合は、剣に比べて圧倒的に長い。

槍を短く持ったり長く持ったりすれば、その間合は無限である。手元まで縮んだかと見えた槍が、ふいに伸びてきたりする。

相手が、懐に飛び込んで、剣の間合をとったと思っても、槍がいきなり縮んで、腹をずくりと貫かれてしまう。

斬るよりも、むろん、突く方が疾い。

「どうした、蝸牛、早くやりやがれ」

向こうで、くさめの平吉が叫ぶ。

「遊ばせろ、平吉――」

蝸牛は、その唇に、薄い笑みを張りつかせたまま、言った。

「冷汗が出てらあ」

平吉の声を背に受けて、

「ふん」

鼻を鳴らして、蝸牛は、剣を両手で構えた。

「なんだそりゃあ」

平吉が声をかける。

蝸牛は、なんと、鞘に刃を収めたまま、柄を両手で握って構えていた。

しかも、その鞘から、刀身（とうしん）が半分ほど出ている。まだ、刀身の半分近くは鞘の中に入ったままであったのである。

「ばかやろう。いくらそんなことしたって、まだ槍の方が長え（なげ）に決まってらあ」

平吉の声にかまわず、蝸牛は、ひょいと動いて槍の間合に入っていた。

次の瞬間——

「けあああっ！」

天山が槍で突いてきた。

槍が、
こっ、
と貫いたのは、鞘であった。

槍が、出てくる寸前、するりと刀身から鞘が抜けて、地に落ちた。しかも、その鞘は、落ちて地から垂直に立ったのである。

その鞘の上に、蝸牛は右足で跳び乗っていた。

蝸牛が片足で立ったその鞘を、天山の槍が貫いたのである。

ひょい、
と、蝸牛は槍の柄の上に跳び下り、その柄の上を、
とととととととと……
と、疾った。
「ぬうっ」
天山は槍を横に振ったが、槍と一緒に蝸牛も動いて、蝸牛はまだ槍の上にいた。
「かあっ！」
天山は槍を、大きく上へ振って、その上に乗った蝸牛を落とそうとした。
しかし、蝸牛は落ちなかった。残った距離を、つうっ、と上から下へ柄の上を滑って、
蝸牛が剣を振り下ろした。
ずかっ、
と、蝸牛の剣が、天山の脳天から眼と眼の間まで切り下げて止まった。
ぐりっ、と天山の両眼が動いて寄り目となり、左右の眼球がその刀身を睨んだ。
「おんぐわっ」
天山は、叫んで槍の柄を握っていた両手を放していた。
自由になった両手で、今、まさに柄とともに地に落ちてゆこうとしている蝸牛の両足首
を掴んだ。

「かんだらばあっ！」

叫びながら、天山は、蝸牛の身体を上に振りあげ、そのまま、蝸牛を地面に叩きつけようとした。

蝸牛の身体は、大きく半円を描き、後頭部から地面に叩きつけられた——だれもがそう思った。

しかし、その寸前、蝸牛は、右手に握っていた剣の柄を、ぐりんぐりんと左右にねじっていた。

「あんぎゃ、あんぎゃ」

と、声をあげ、がくりがくりと天山は腰を前後に振りながら膝をついた。蝸牛の身体は、叩きつけられはしなかった。ただ地面に落ちただけだった。地に仰向けになっている蝸牛の上に、天山の身体が、

「ほえなあ……」

と、上体を被せるようにして倒れ込んだ。

死んだ天山の体の下から、蝸牛が剣を握ったまま這い出てきた。

「すんだぜ」

蝸牛は笑った。

五

「それでは、当麻山の三天狗が皆やられてしまったということか」

十三が問うと、

「はい」

と、天忍が答えた。

「それで、どうなったのじゃ」

赤井忠晶が訊いた。

「その時、石段を登って、二十人ほどの薄汚いなりをした者たちが、ぞろぞろと境内まであがってきたのでござります」

「二十人？」

「しっかり数えたわけではござりませぬが、そのくらいはいたかと——」

「それで？」

「その後は、どうなったかわかりませぬ。わたくしと、天覚、天生の三人は、庫裏（くり）に押し込められ見張りをたてられました」

「大黒天たちは？」

これを問うたのは、吉右衛門であった。

「宝物殿の扉を無理やり押し開いたようです」

「無理やり？」

「ばりばりみりみりという、おそろしい音が聴こえました。何かが爆発するような音も。あの大蜘蛛の這う音も聴こえましたので、おそらく大蜘蛛を使って、無理やり扉を開けたのではないかと思います……」

細い息のなかで、天忍はやっと口を開いている。

「宝物殿の扉は、天海様が錆びぬ鉄で造った、おそろしく丈夫なもの、それを、どうやって壊したのか……」

「では、宝物はすでに大黒天の手に？」

「ま、まだだと思います。宝物殿は、地下倉を守るために、その上に建てられたものにござりますれば……」

「上に？」

「地下倉にゆくには、宝物殿の床をこわし、そこより地下へ土を掘り下げねばなりません……」

「どのくらい掘り下げるのじゃ」

「およそ、四十尺ほどと伝えられておりますが、真のところはわたくしにもわかりませぬ」

「で、四十尺掘り下げたところに、地下倉があると？」

「そこにあるのは地下倉の入口と聴いております。ですから、その入口の扉をまた開かねばなりませぬ。その時に、また、必要になるのが、鍵にございます……」

「鍵？」

「真に重要なのは、その鍵にございます。宝物殿の鍵ではございませぬ」

「その鍵は、どこに？」

「わ、わたくしの衣を脱がせて下され……」

言われた通り、松本一之進、銕三郎、そして千吉が、天忍の衣を脱がせた。

「う、うつぶせに……」

というので、三人で天忍をうつぶせにした。

背に、右肩から斜め下に斬り下げられた傷が、ぱっくりと開いていて、そこからはまだ血が流れ出ている。

顔を、右へねじ向けて、天忍が言う。

「そ、その傷の右肩に近いあたり、その、に、肉の中を、ごらん下され……」

そこを見やると、篝火の灯りの中に、何やら光る金属のようなものが見える。

「何かござりまするぞ」

「そ、それを取ってくだされ」

「肉の中からでございまするか――」

松本一之進が、一瞬たじろいだ。

「は、はい」

「わかりもうした」

松本一之進が、傷の中に指を突っ込んで、ほじり出すようにして、その金属を取り出した。

ぐむうーと、天忍が呻いた。

「か、鍵にございまするぞ」

松本一之進の指の間に、血に濡れて光っているもの――それはまさしく鍵であった。

「ほ、堀河様、そ、その鍵は、あなた様のものにございます」

「わたしの？」

「宝物殿の鍵にして、地下倉の鍵……あなた様こそ、約束のおかた……」

吉右衛門が、松本一之進の手からその鍵を受け取った。

「この鍵……」

「その、その鍵が、わたくしの生命を救ったのです。後ろから斬りつけられたのですが、おそらく、その鍵に刃先が当って、致命傷には至らなかったのだと思います」

「逃げ出したのか？」

「は、はい。ちょうど、誰かが逃げ出したらしく、騒ぎがあって、庫裏の見張りが持ち場を離れた隙に、わたくしと、天生、天覚の三人は逃げたのです。わたくしを追ってきたのは、仲間から蝸牛と呼ばれていた浪人で、ちょうど、わたくしが倒れていたあの場所で追いつかれ、後ろから斬りつけられたのでござります。とどめを刺されずにすんだのは、その時、ちょうど、門のあたりで激しい雷電が閃（ひらめ）いたからでしょう。おそらく、蝸牛は、わたくしが死んだか、もう助からぬと判断をして、大黒天へ何やら報告するためにもどったものと思われます……」

「今の話によれば、誰かが逃げたというお話でしたが……」

吉右衛門が問うた。

「女のようです……」

「女？」

「武蔵という人物が、担いできた女だと思われます」

〝女が逃げたぞ〟

最初、そういう声が、どこかから響いてきたのだという。

〝あの女じゃ、千代が逃げた〟

「そういう声が、聴こえてきたのでござります」

天忍が言い終えぬうちに、

「ち、千代と申されたか!?」

吉右衛門が、大きな声をあげて問うた。

「は、はい、そのように……」

「どうした、どうなったのじゃ、その、ち、千代という女は!?」

「わ、わかりませぬ」

天忍は言った。

「吉右衛門さん、それは、あの千代殿のことではありませんか」

十三が言った。

「そうだ。不知火の連中、お千代さんに手を出しゃあがったんだ」

錬三郎が、音をたてて歯を噛んだ。

「わ、わたくしの役目は終りました。これで、こ、これで……安心してみまかることができまする……」

天忍は、
ほう……

と、ひとつ息を吐き、仰向けになって、天を見あげた。

その天に、禍星が尾を引いている。

ゆっくりと、天忍の眼が閉じられた。

天忍の心臓が停まっていた。

六

掛軸の画面の中に、石段の上部が見えている。

丹兵衛が、石段の上部に到達しようとしていた。

きりきりと、吉右衛門の歯を噛む音が聴こえている。

吉右衛門の眼が、血走っている。

丹兵衛が、石段の最上部に手を掛け、這いあがり、その縁に立った。

丹兵衛の眼から放たれる光が、境内を照らし出したその瞬間、その光の中へ、ふいに、何かの顔が出現するのが、軸の中の画面に見えた。

猿だ。

猿の顔であった。

それは、死んだ岡田屋の娘、お雪に頼まれ、婚礼の祝に、吉右衛門が作って贈ってやった人形、猿の二兵衛に似ていた。

しかも、その猿の顔は、次の瞬間、歯と牙をむき、唇の両端を左右に大きく引き、口をぱっくりと開いて笑ったのである。

「むう！」

吉右衛門が叫んだ。

画面の中で、猿の人形の右手がさっと動くのが見えたその瞬間、掛軸の画面から絵が消えた。

石段の上部から、
かっ、
という音が響いてきて、丹兵衛の放っていた灯りが消えた。

ごん……

どこ……

ごん……

どこ……

という音が、石段の上部から聴こえてきた。

その音が、だんだんと大きくなる。

ごん、
どこ、
ごん、

どこ、
何かが、石段の上部から転がり落ちてくるのである。
人の拳（こぶし）ほどの大きさの、丸いものだ。
それが、下まで転がり落ちてきて、篝火の灯りの中で止まった。
丹兵衛の頭部であった。
猿の人形二兵衛に、丹兵衛の首を落とされたのだ。
続いて、
ぴごたん……
ぺごたん……
という音が、石段の上の闇の中から聴こえてきた。
その音も、だんだんと大きくなってくる。
ぴごたん、
ぺごたん、
ぴごたん、
ぺごたん、
それが、篝火の灯りの届くところまでやってきた時、正体がわかった。
「あの猿じゃ」

猿の人形が、石段を、前転しながら降りてくるのである。

下の段に両手をつき、くるりと前に回って、次にさらに下の段に両足をつく。そこに立って、前に上体を倒し、また、下の段に両手をつく。

「むうっ」

皆が、一歩、足を引いた。

「退がって下さい。何かあります」

吉右衛門は、言いながら、下に置いておいた傘に跳びついた。

「わっ」

と声をあげて、赤井忠晶、松本一之進、捕り方たちが逃げる。

石段の一番下の灯りの中に、猿の人形が降り立った。

首を左右に振りながら、
か、か、か、か、か……

と、猿は笑った。

ぴいーっ、
と、猿の耳から、蒸気が噴き出した。

「伏せて！」

そう叫びながら、吉右衛門は猿に向かって傘を広げ、しゃがみ込んだ。その傘の陰に、

十三、銕三郎が折り重なるようにして身を伏せた。
同時に――
だあん!!
大きな爆裂音が響いた。
猿の人形が爆発したのである。
硝煙の臭(にお)いが、あたりにたちこめた。
篝火が、全て倒れていた。
「だいじょうぶか!?」
傘を持って、吉右衛門が立ちあがった。
その懐から、悟空がきょとんと顔を出している。
あちらこちらから、呻き声が聴こえていた。
逃げ遅れた者がいたのだ。
傘の陰に隠れた、吉右衛門、十三、銕三郎は無事であった。
「兄き、か、肩をやられやした」
むこうから、千吉の声が聴こえた。
どうやら生きているらしい。
「無事な者は、負傷した者を、すぐに門の外へ運び出せ」

「誰か、南町へ駆けて応援を願い出てこい」

赤井忠晶と、松本一之進の指示する声が聴こえるところを見ると、ふたりは無事らしい。

吉右衛門は、ぼろぼろになった傘を手に持ったまま、呆然とそこに立っている。

「どうしました、怪我でもしましたか……」

十三が問う。

「十三よ……」

吉右衛門が、声をしぼり出すようにして言った。

「おれは、間違っていた……」

「何のことです」

「まだ、おれは、肚をくくっていなかった。何とか、できることなら、この江戸の者たちに、知られぬよう、うまくことを運べるのではないかと思うていた……」

「それがどうしたのです」

「それが、このざまじゃ。人が、死に、傷ついて、千代までが、奴らに捕われた」

吉右衛門の声の間に、歯を噛む音が混ざる。

「ありったけじゃ」

吉右衛門は、呻くように言った。

「この吉右衛門のありったけ、からくりから何から、みんな使っても、千代を救わねばならぬ。まだ、おれは、肚を決めきれていなかった。この江戸へ逃げて、おれだけうまく生きて、おれだけ、ひそやかに一生を終えればよいと、そう思うていた。それは、間違いであった……」

吉右衛門は、赤井忠晶に歩み寄り、

「わたしは、この場をいったんはずしますが、すぐにもどります。それまでの間、勝手に動いてはいけません。何か、危ないことがあれば、すぐに逃げて下さい。よろしいですか」

「し、承知じゃ」

赤井忠晶がうなずいた。

「では――」

頭を下げ、あげた時には、もう吉右衛門の顔は門の方に向いていた。

吉右衛門は、走り出していた。

門をくぐり、闇の中に、その姿が消えた。

赤井忠晶が、再び負傷者たちの手当について指示を出しはじめてほどなく、

「何か、石段を下りてきます!?」

誰かが、叫び声をあげた。

赤井忠晶は、負傷者のひとりに声をかけ、肩を貸して立ちあがらせようとしていたのだ

が、その動作の途中で、顔を石段の方に向けた。何か、黒い影のようなものが、石段を下りてくるのが見えた。それは、すでに石段の半ばほどに達し、さらに下方に向かって移動してくるのである。

　人ではない。

　動物である。

「犬だ!!」

　誰かが叫んだ。

　その時には、もう、犬は石段の下方に達し、地面に散らばった、ついさっきまで篝火として燃えていた木材の小さな炎でも、その姿が見えるようになっていた。

「わっ」

　と、皆が四方へ散った。

　十三のみが、動かなかった。

　十三は、腰の剣を抜き放って、構えた。

　犬は、石段から地面に降り立って、燐光のごとくに妖しく燃える緑色の眸で、睥睨するようにそこにいた人間たちを眺めてから、ふいに走り出した。

　黒い犬——夜叉丸は、いっきに門をくぐり、そのまま闇の中に姿を消していた。

　少し前、吉右衛門が走り去った方角に向かって——

巻の十四　からくり蜘蛛

一

吉右衛門は、大川の堤を、下流方向に向かって走っていた。

川の流れは、左側にある。川の向こうが、もう本所だ。

天が広い。

月が出ている。星が光っている。その星の天球の半分以上にわたって、禍星(まがぼし)の尾が、西から東へ伸びている。

江戸の町は、寝静まっていた。

今、退魔寺で、この天地の運命を左右する奇っ怪なる暗闘がくりひろげられていることなど、ほとんどの者が知らない。

吉右衛門の息が荒い。

前へ踏み出す足の速度が遅くなっている。

「千代、すまぬ、千代、すまぬ……」

声に出しながら、吉右衛門は走っている。

肺が痛い。

荒い呼吸を休みなく続けたためだ。心臓が口からせり出てきそうになっている。

思わず足を止め、腰をかがめ、両手を膝にあてて、呼吸を整えた。

その時であった。

にいいいいいいい……

と、吉右衛門の懐で、悟空が声をあげた。

悟空が、吉右衛門の懐から跳び出して、地に降り立って、後方に顔を向けた。

しゃあああああ！

悟空が、鋭い呼気とともに鳴きあげた。

「どうした、悟空」

吉右衛門が後方を振り向くと、遙か彼方の闇の中に、緑色の点がふたつ光っていた。そのふたつの光は、上下に激しく揺れながら、こちらに近づいてくる。

その意味するところを、すぐに吉右衛門は気がついた。

「あいつを止めろ、悟空！」

吉右衛門は言った。

「おまえでは、あいつに勝てぬ。おれが、家にたどりつくまででいい。時間を稼いでくれ！」

承知した——とでも言うように、
ＨＵＵＵＵＵＭ——

悟空は低く鳴きあげて、後方から近づいてくる緑色のふたつの点に向かって、四肢で地を蹴って(け)いた。

それを、吉右衛門はもう見ていなかった。

再び吉右衛門は、全力で堤を走り出していた。

二

吉右衛門が、からくり屋敷に帰りついた時、そこに見たのは灯り(あか)であった。

誰かいる!?

しかし、迷っている間はない。

庭から、草鞋(わらじ)も脱がずに、そのまま縁側に駆け登った時——

「法螺右衛門(ほらえもん)！」

走り寄ってきて、吉右衛門にしがみついてきた者がいた。

甚太郎であった。

「甚太郎、おまえ、帰らなかったのか」

「帰(けえ)らなくていいって言ったのは、法螺右衛門じゃあねえか」

そう言えば、そんなことを言ったはずだと吉右衛門は思い出した。

「おいら、心配(しんぺえ)で心配で。法螺右衛門がどうにかなっちまうんじゃねえかって——」

甚太郎は、半分泣きべそをかいている。

吉右衛門の胸に熱いものがこみあげた。

しかし今は時間がない。

しがみついてくる甚太郎を押しはなし、

「今すぐ帰るんだ。ここにいては危ない」

「なんだ、何言ってんだよ、法螺右衛門よう。おいら、帰(けえ)らねえよ」

甚太郎が言った時、
ちりん、
と、鈴の音が響いた。

天井に糸を張り、そこにぶら下げてある鈴が、
ちりん、ちりん、

ちりん、ちりん、

ちりん、ちりん、

いっせいに鳴りはじめたのである。

「いかん……」

呻(うめ)くように吉右衛門は言った。

「甚太郎、来い」

吉右衛門は、甚太郎の手を摑(つか)んで、家の中を走った。

からくり部屋の戸を開く。

その時、

ばりばりばり、

と、玄関の戸の破壊される音がした。

「入れ、甚太郎！」

「い、いいのかよ。ここには、前から入るなって——」

「いい。急げ」

吉右衛門は、甚太郎の背を強く押した。

転がるようにして、甚太郎はからくり部屋の中に足を踏み入れていた。

続いて、吉右衛門が跳び込んできた。

戸を閉める。
戸が閉まった途端、
どん、
外から、激しく何かが戸にぶつかってきた。
どん、
どん、
と、たて続けに戸に何かがぶつかってくる。
建物全体が揺れるような、強烈な衝撃であった。
「法螺右衛門、こ、壊れちまうぜ」
「だいじょうぶじゃ」
ぐわり、ぐわり、
ばざり、ばざり、
べりべりべりり、
戸の板が、何かで引き裂かれる音がした。
「法螺右衛門！」
甚太郎が叫んだ時、部屋が、ぱっと明るくなった。
戸を見つめていた甚太郎は、

「なんだ、こいつ!?」

声をあげていた。

「ばけもんか!?」

甚太郎がそう言ったのも無理はなかった。

戸の、向こう側に打ちつけてあった板が、音をたてて引きはがされていった時、戸の中央部に、四角い窓が出現したのである。

窓は、もともとそこにあったのだが、向こう側が板で塞がれていたため、わからなかったのである。

しかも、その窓には、透明な板が嵌め込まれていた。

その透明な板の向こうに、ふいに、不気味な顔が出現した。その顔が、部屋の灯りに照らされて、こちらからよく見えた。その顔を見て、甚太郎は声をあげたのである。

それは、犬の顔であった。

その犬は、白い牙をむき出し、赤い舌を突き出し、唸り声をあげていた。

しかし、ただの犬の顔ではなかった。

顔の右半分の皮が、べろりとめくれて、首の下に垂れ下がっていたのである。

その皮の下に見えていたのは、筋肉でもなく、脂肪の層でもなかった。そこにあったのは、金属の表面だったのである。そして、緑色に光る眼球がむき出しになっていたが、それもまた、生き物のそれではなく、ぎやまんでできているように見えた。

犬の金属でできた顔の表面に、無数の搔き傷があった。

戸の中央にある窓の透明な板——それは、ぎやまんのようにも見えたが、ぎやまんではないらしい。それは、犬の牙が、がつんがつんと当っているのに、割れなかったからだ。ただのぎやまんなら、それで割れている。

犬は、牙をその透明な板に当てて、かりかりと歯をたてようとした。その表面を、牙が滑る。

「ほ、法螺右衛門、こいつは、何なんだよう——」

甚太郎が、泣き出しそうな声で言った。

「それは、犬ではない」

「犬じゃないって、じゃあ、何なんだよ」

「からくりじゃ。おれのこしらえた猿の一兵衛のようなからくりで、人の作ったものじゃ」

「何だって!?」

吉右衛門を振り返って、

「あっ」

と、甚太郎は、今度は驚きの声をあげていた。

甚太郎の眼に、初めて映るからくり部屋の様子が見えていた。

腰高の大きな机と椅子——机の上には、ぎやまんでできているらしい、何やら色のついた液体の入っている透明な壺や、瓶がのっていた。そして、瓶と瓶とを繋ぐ、ぎやまんの曲がりくねった管。色々なでっぱりのある金属の板。きらきらと変化する灯りが無数に点いた箱。これまで見たこともない、大工道具とも刃物とも違う様々な工具がちらかり、壁からは軸に似たものがぶら下がっていて、そこに、不気味な絵が描かれていた。しかも、その絵は動いていた。

その絵の中で、一頭の犬のような生き物が、さかんに壁に向かって跳びついている。それに、見覚えがある。犬が跳びついているのは、このからくり部屋へ繋がる戸であった。

「法螺右衛門、こ、これは——」

「あっちの部屋の天井に〝眼〟があってな、その〝眼〟が見ているものが、今、そこに映っているのだ」

「だけど、何なんだよ。あの犬、顔があんなになって——」

「悟空にやられたのだろう」

「悟空!?」

「悟空が、あの犬と闘ってくれたので、その間に、おれはここに無事にたどりつくことができたのじゃ」

「悟空は、どうしたんだい」

「あの犬がここへ来たってことは、悟空はやられてしまったということであろう」

言いながら、吉右衛門は、机の上の雑多なものをのけたり、向こうへ押しやったりしながら、何かを捜している様子である。

「何を捜してるんだよ、法螺右衛門――」

甚太郎が言った時、

「あった」

吉右衛門は、小さな蒲鉾(かまぼこ)板ほどの金属の板を持ちあげて、それを懐へ入れた。

「何だよ、それ」

「説明している暇はない」

吉右衛門は、戸の方に眼をやった。

さっきまで、そこに跳びついていたはずの犬の姿が見えない。

「む」

と、声をあげて、吉右衛門は、机の上に置いてあった箱の表面にある突起のひとつを指で触れた。

軸に映っていた画面が変化した。

別の部屋――さっきまで、甚太郎が吉右衛門を待っていた部屋が映った。そこに、灯の点いた行燈(あんどん)があり、その行燈を、今まさに犬が前肢で押し倒すところであった。

行燈は倒れ、めらめらと燃え出した。

「そうきたか」

「どうするんだよ、法螺右衛門、火事になっちまうぜ」

「大丈夫じゃ。この中にいる限り、焼け死ぬことはない。ただ……」

と、吉右衛門は、部屋の中央に立っている柱を見た。

その柱が、ぐるりぐるりとゆるく回転している。その回転にあわせて、床の下から、
ぐむむん……

と、何かが動くような音が聴こえてくる。

どうやら、この柱は、屋根の上にある風車に繋がっているらしい。

その柱を眺め、

「風はそれほど強くないし、ここは広い。火事になっても、他所へ燃え広がることはないであろう」

吉右衛門はそう言って、戸の方へ駆け寄った。

透明な板の窓から向こうを眺めた。

すでに、炎は渦を巻くようにして燃えあがっていた。

紅蓮の炎と煙が、部屋の中に満ちている。

その炎の中に、あの犬――夜叉丸(やしゃまる)が立っている。立って、こちらを睨(にら)んでいる。

吉右衛門の横から甚太郎が、窓を覗(のぞ)く。

「法螺右衛門、犬が、犬が燃えてるぜ」

その通りであった。

犬の全身の毛皮が激しく炎をあげて、ごうごうと燃えていた。しかし、犬は、それを何とも感じていないのか、ただ、炎の中からこちらを光る眸(め)で睨んでいるのである。

「ここにいて、死ぬことはないが、この炎では外へ出られぬ」

「どうするんだよ」

「まて」

吉右衛門は、床に膝を突き、板の表面に空いていた小さな穴に右手の人差し指を差し込んで、持ちあげた。その板が、上に開いた。

「来い、甚太郎」

吉右衛門は、いったん四角く床に空いた穴の縁に腰を下ろしてから、するりと穴の中へ降りた。

「続け」

言われた甚太郎が床下へ降りると、ぱあっと灯りが点いて、あたりが明るくなった。眼の前で、大きな歯車が、幾つも回転していた。

　吉右衛門は、壁に嵌め込まれていた、ひと抱えはありそうな箱をはずしているところであった。

「何だよ、それ？」

「風車で作ったゑれきてるを溜めたものじゃ――」

　吉右衛門は言った。

「そいつをどうするんだよ!?」

「敵と闘うのじゃ」

「敵？」

「闘えば、多くのゑれきてるを消費する。このゑれきてるが必要になる」

　吉右衛門は、その箱を、紐で結わえ、縄でくくって背に負った。

「ゆくぞ、甚太郎。おまえをここに残してはゆけぬ。ついて来い」

「どこへ？」

「こっちじゃ」

　もう、吉右衛門は走り出している。

　あわてて、甚太郎がその後を追った。

　吉右衛門は、奥の壁に駆け寄って、そこから出ている取っ手を掴んで手前に引いた。

　そこに、ぽっかり洞窟が口を開けていた。

「来い」

吉右衛門が洞窟の中に走り込んだ。

「待ってくれよ、法螺右衛門！」

甚太郎が、吉右衛門の後に続いた。

洞窟の中に走り込んだ途端、洞窟の天井に、点々と小さな灯りが点った。床も、天井も、左右の壁も、むき出しの土だ。そこを走る。

ほどなく、行き止まりになった。

突きあたりの正面は、石を積みあげた壁になっていた。吉右衛門は、正面の壁を蹴った。

ぐわらり、ぐわらりと、石の壁が向こう側へ崩れた。

そこから外へ出ると、大川の河原であった。眼の前を、月光を受けて、銀色に光る大川の水が流れている。高い草の中だ。夏の虫が鳴いている。

大川の堤の、川側の土手の斜面が、洞窟の出口になっていたのである。

土手の上にあがって、吉右衛門は走り出した。

「どこまで行くんだい」

「大橋じゃ」

走る。

走る。

息を切らせて、大橋までたどりつき、吉右衛門は、橋の中央までやってきた。欄干に両手をつき、激しく喘ぐ。

じゃあん、じゃあん、じゃあんと、半鐘が鳴っている。土手の向こうで、あかあかと夜空に炎をあげて、からくり屋敷が燃えているのが見える。

「法螺右衛門、よく走れたな」

「まだまだ、平気じゃ」

ほとんどへたりこみそうな様子で、吉右衛門は言った。

右手を懐に入れ、しばらく前に机の上から手に取って、懐へ入れていた、あの金属の板を取り出した。その表面に、幾つかの突起がある。突起に色がついていた。赤、青、緑

――そのうちの緑色の突起を、吉右衛門が押した。

川の中で、何かが、かっ、と眼を開いた。

その時――

「ほ、法螺右衛門、あ、あれ……」

甚太郎が言った。

吉右衛門が、川面から眼を転ずると、橋のたもとに、月光を受けて、銀色に鈍く光るものが、立っていた。その眼が、緑色に光っている。

橋の中央にいる者が、誰であるかを探っているような眼であった。

「やつだ」

言うなり、吉右衛門は、金属の板を左手に持ちかえ、右手を懐に入れた。そこから、短い竹筒を取り出した。その時には、もう、その銀色のものは、ふたりに向かって走り出していた。

毛皮が、全部燃え落ちて、金属の表面が全て剝き出しになったあの犬——夜叉丸であった。

疾い。

「後ろへ」

甚太郎が、吉右衛門の背後に隠れるのと、犬が跳びついてくるのと、ほとんど同時であった。

犬が、吉右衛門に向かって跳躍したその時、

ばっ、

と、吉右衛門が手にした竹筒の先から、光る網が飛び出して広がった。その網が、宙にあった夜叉丸に被さり、その身体を包んでいた。

網に捕えられた夜叉丸が、橋の上に転がった。

夜叉丸にからみついた網の、夜叉丸に触れている箇所が、ばちばちとはぜるような音をあげて、激しく輝いた。

くわあああん！

くわあああん！

夜叉丸が、身をよじり、がちりがちりと網を牙で噛む。

橋の下を見下ろした吉右衛門が、

「来たぞ」

声をあげる。

甚太郎が、川面を見下ろすと、川下の水中から、ふたつの青く光るものが、上流に向かって近づいてくるのが見えた。

巨大な生物が、そのふたつの眼を光らせながら、水中をやってくるようであった。

それが、橋の下で止まった。

その光が、水中を水面に向かって上昇してくる。

それが、月光を浴びながら、川面の上に姿を現わした。

ざああっ、
と、水がその表面をこぼれ落ちてゆく。

「こ、これは、あの、水中船じゃあねえか!?」

甚太郎が叫ぶ。

いつであったか、水中船を造ったと言い出した吉右衛門が、大川でその実験をした。その時、水中船は水に沈んでそれきり浮いてこなかったことがあった。

その水中船であった。
その表面を覆っていた、板や竹が、ばらばらと水面に落ちてゆく。
その時、
あおうむ！
夜叉丸が吠えた。
網を噛み破って、夜叉丸が外へ出てきたのである。
「法螺右衛門！」
甚太郎が、また、吉右衛門の後ろに隠れた。
「どうすんだよ、こいつ——」
夜叉丸は、肢にからんでいた網から肢を抜きとり、
しゃあう、
しゃあう、
牙をむいて、吠えた。
至近距離から、吉右衛門に夜叉丸が跳びかかろうと腰を引いたその時——
しいいいいっ、
激しい呼気を洩らしながら、その顔に跳びついたものがあった。
「悟空！」

甚太郎が叫んだ。

猫の、悟空であった。

悟空の毛皮はぼろぼろで、半分以上がその身体からむけて垂れ下がっていた。その下から見えていたのは、夜叉丸と同様に、金属の表面であった。

悟空の、後ろの右肢は、途中から消失してしまっている。

「ご、悟空もからくりだったの？」

「そうじゃ」

吉右衛門は言った。

悟空と、夜叉丸の力の差は圧倒的であった。

跳びかかってくる悟空を、夜叉丸が振りとばし、吉右衛門に迫ろうとする。すると、悟空がまた跳びかかる。

その悟空を、宙で、夜叉丸の牙が捕えた。

ばちりばちりと、夜叉丸の顎の間で、悟空の身体から、青い火花が散る。夜叉丸が首を振ると、悟空は宙を飛んで、橋の上に落ちた。

立ちあがろうとするが、悟空の動きはもうのろい。

悟空を無視して、夜叉丸が吉右衛門と、甚太郎に向きなおった。

夜叉丸の肢が、地を蹴った。

その時であった。

いきなり、横から金属光を放つものが疾って、夜叉丸の胴を真横から貫いていた。

どん、
と、夜叉丸は、橋の上に、その身体を貫き止められていた。

「あ、あれ!?」

甚太郎が、指を差した。

橋と、同じ高さに、丸い球体が浮いていた。

その球体のこちら側の正面に、ふたつ、眼のように光るものがあって、その明りが橋の上を照らしていた。

その球体の左右の側面から、四本ずつ、八本の長い脚が生えていた。その脚をいっぱいに伸ばして、その球体は、川の中から立ちあがっていたのである。

それは、巨大な蜘蛛のようであった。

その巨大な蜘蛛の脚の一本が、今、夜叉丸を貫いて、橋の上に止めてしまっているのである。

かああん、
けああん、
吠え、唸りながら、夜叉丸が、その脚をがちがちと噛む。しかし、その牙が通らない。

吉右衛門は、悟空に歩み寄って、

「無事だったか……」

その身体を抱きあげた。

にいいい……

と、悟空が鳴きあげた。

悟空を、吉右衛門は懐に入れた。

巨大な蜘蛛は、残った七本の脚のうちの何本かを橋の上に乗せ、残った脚を欄干にからめ、橋の上にその濡れた身体をあげた。

脚がたたまれて、その胴が下がってくる。

一本の前脚は、まだ、夜叉丸を橋に貫き止めたままだ。

蜘蛛の横腹の部分が開いた。

吉右衛門は、まず自らが乗り込んでから、

「さあ、来い」

甚太郎を呼んだ。

「いいのかよ」

「かまわん。おまえを置いてゆけぬ」

「わかった」

嬉々として、甚太郎は、乗り込んできた。

中は、外から見るより広かった。

ふたつの光る眼が窓になっていて、その窓の前に、ひとつずつ、ふたつの椅子がある。

革でできた椅子で、正面の窓のすぐ下側に、様々な色をした、幾つもの突起が出ている。

そして、正方形の画面が六つあって、そこにそれぞれ絵が見えている。上、下、前、後方、右、左――どうやら、この〝水中船〟から見た六方向の絵がそこに映っているらしい。

そのうちのひとつに、脚に貫かれたまま、狂ったようにその脚を噛んでいる夜叉丸が映っていた。その絵が小さくなっているのは、扉が閉まって、胴が上昇してゆくからである。

吉右衛門は、背から忿れきてるの入った箱を下ろし、それを、壁の穴に嵌め込んだ。

ちゅうんん……

という細い音がして、
ム〜〜ンムムム〜〜〜ン……

と、どこからか低い音が聴こえてきた。

「これでよし」

言いながら、吉右衛門は、右側の椅子に腰を下ろし、

「おまえも座れ、甚太郎」

そう言った。

甚太郎は、左の椅子に腰を下ろして、

「これが〝水中船〟かよ……」

嬉々として言った。

その眼が、興奮のため、濡れて光っている。

「おまえたちには、〝水中船〟と偽って、川に沈めて隠しておいたのだが、これは、本当は〝水中船〟ではない」

「なら、この前言っていた〝天狗船〟か？」

「いいや。水中でもこれは、歩くことができる。この前の夜も、これで大川で溺れかけている十郎太を助けたりした。しかし、空は飛べぬのじゃ」

「じゃあ、何なんだよ」

「助け船じゃ」

言いながら、吉右衛門は、左右の足元から出ている二本の棒を、左右の手で握った。

と——

ばりばりばりばり、
と、夜叉丸を貫いている脚に雷電の如きものが走って、ぱあん、ぱあん、と、夜叉丸の全身から金属の欠片が飛んだ。

夜叉丸は動きを止め、その眼から、緑色の光が消えた。

夜叉丸を貫いたまま、脚が持ちあがった。

その脚が、ふっ、と横へ振られると、夜叉丸の身体が抜けて、宙を飛んで大川へ落ちた。

「ゆくぞ」

吉右衛門は言った。

わしゃ、
ぎとん、
わしゃ、
ぎとん、
大蜘蛛の、八つの脚が動き出した。

大橋を西へ渡って、大川の土手の上を、飛ぶように大蜘蛛が疾り出した。

八本の脚がうまく地を蹴っているためか、座っている甚太郎に、ほとんど揺れは伝わってこない。

ただ、速度感と、高度感のみがある。

疾い。

疾い。

「凄(すげ)え、法螺右衛門、凄え……」

甚太郎は、恍惚(こうこつ)となって、呻いていた。

巻の十五　大決戦

一

石段の下で、ふたつの篝火が燃えている。

ようやく、再び態勢を整えたところであった。

あたりには、まだ、幾つかの屍体が転がっている。息のある者から順に外へ運び出し、治療が必要な者たちを、医師のもとへ連れていったりせねばならず、屍体をそのままにせざるを得なかったのである。

少し前に、応援の者たちが駆けつけて、今、屍体が一体ずつ外へ運び出されていっている最中であった。

赤井忠晶、松本一之進、病葉十三、そして長谷川銕三郎は、石段の下に集まって、顔を見合わせているところであった。

肩をやられた千吉は、門の下で、肩を押さえながら腰を地に落としている。

再び、なんとか陣容が整ってみれば、気になるのは、すぐにもどると言って出ていった吉右衛門のことである。

吉右衛門が姿を消して、ほどなく、石段を黒い犬が駆け降りてきて、そのまま外へ走り去っていった。あれは、吉右衛門を追っていったのだと、誰もが思っている。

「御無事でしょうか……」

松本一之進が、何度目かになる問いをまた発した。

「吉右衛門さんを信ずるしかありませんね……」

十三がつぶやいたが、それも、松本一之進が発した問いと同じ数だけ、その口から出ている。

「いってえ、ここで何が起こっていやがるんでえ……」

鋏三郎が、少しいらついた声で言う。

「病葉先生は、吉右衛門さんから、何か聴いちゃあいねえんですかい?」

「ええ」

と十三はうなずいたが、これは嘘(うそ)であった。

此度(こたび)の一件について、大まかなことは、吉右衛門から聴かされている。しかし、聴かされたとはいっても、それは、にわかには信じられるような話ではなかった。吉右衛門からは、このことを、他人にはまだ話をしないで欲しいと口止めされている。

話をしても、どうせ、簡単には信じられぬ話だが、だからと言って、吉右衛門との約束を破って誰かに語るつもりはなかった。それに、吉右衛門から聴かされたとはいっても、それは、充分なものではなく、また、吉右衛門自身も、此度のことをきちんと理解している様子ではなかったのである。

「今、わたしたちにできることは、吉右衛門さんがもどるまで、何もせずに待つことです――」

十三が言った時、
わしゃ……

ぎとん……

どこからか、奇妙な音が聴こえてきた。

わしゃ……

ぎとん……

わしゃ……

ぎとん……

その音が、だんだんと大きくなってくる。

石段の、上の方から、その音は聴こえてきた。

何人かの捕り方が、石段の下に駆け寄って、上方の闇を見あげた。

「何かが、上から降りてまいりまするぞ……」

捕り方のひとりが言った。
十三、赤井忠晶、松本一之進、銕三郎の四人も、石段のすぐ下に歩を進めて、上方を見あげた。
「く、蜘蛛じゃ」
「大きな蜘蛛が降りてくる」
慌てて刀を抜く者がいる。
そして、鉄砲を構える者。
「やめよ、退くのだ」
十三が言った時には、もう、
たあん、
たあん、
銃声が響いていた。
ぎいん、
ぎいん、
と、弾が蜘蛛に当って、そしてはじかれる音があがった。弾丸は、間違いなく大蜘蛛に当っているというのに、その動きにはどういう変化もない。

「か、金じゃ。あの蜘蛛は、金でできている……」

松本一之進が言った時、すでに石段の中ほどを過ぎていた大蜘蛛の前脚が、ひゅっ、と音をたてて伸び、銃の弾込めをしていた捕り方の胸を貫いていた。

「うんぎゃわらっ」

という悲鳴が宙に持ちあがって、脚が振られると、捕り方の身体は弧を描いて宙を飛び、門の屋根の上に叩きつけられた。

たあん、
と、鉄砲を撃ったもうひとりの捕り方も、同じ目にあった。

「退け、退けっ。何もするな。退がれ!!」

赤井が叫ぶと、刀を抜いた者も、鉄砲を持った者も、そのまま退がって門まで後退した。

蜘蛛は、石段の下で止まり、二十尺上から、光る眸であたりを見回した。

何を見つけたのか、蜘蛛の視線が一カ所に止まり、そこへ向かって蜘蛛の前の二脚が伸びて、何かを持ちあげた。

天忍の屍体であった。

その天忍の屍体を抱え、蜘蛛はその場で向きを変え、
わしゃ、

ぎとん、
わしゃ、
ぎとん、
と、また石段を登りはじめた。
「あの屍体を持っていって、どうするつもりなんでえ――」
鋳三郎が呻くように言った時には、もう、金属の大蜘蛛は、石段上方の闇の中へ姿を消していた。
また、ふたり、犠牲者が出た。
当っても鉄砲が効かない相手に対して、いったいどうやって闘えばよいのか。
門のところで、赤井が途方に暮れた時、背後に、ざわめきがあがった。
同時に、
わしゃ……
ぎとん……
というあの音が、後方から聴こえてきた。
赤井が後方を振り返ると、夜の宙空に、ふたつの光る球が浮いていて、それが、
わしゃ……
ぎとん……

わしゃ……

ぎとん……

という音とともに近づいてくるのである。

あの大蜘蛛が、今度は背後から迫ってきていたのである。

慌てて、また、刀を抜く者、銃を構える者が現われたが、

「関わるな、退け、退けい！」

赤井が叫んだため、捕り方たちは後方に退がった。

大蜘蛛は、まだ充分距離のあるところで止まり、脚が折りたたまれて、その胴が下がった。地上すれすれのところで、胴の下がるのが止まり、その横腹が開いた。

そこから、ふたりの人影が出てきた。

子供と大人だ。

「吉右衛門さん！」

声をあげたのは、十三であった。

「十三、待たせたな」

吉右衛門が、甚太郎とともに、そこに立っていた。

二

「これでよい」

門の下で、吉右衛門は言った。

門柱からは、あの動く絵が浮かびあがる軸が掛けられている。

吉右衛門は、両手に抱えていた悟空を下に下ろした。

「これで、悟空の左眼が見るものは、そこの軸に映ることになる」

吉右衛門が、悟空の左耳の中へ、右手の人差し指を差し込むと、
カチッ、
と音がして、掛軸の画面に、また絵が現われた。

そこに、吉右衛門、十三、鋏三郎らしき姿が映っていた。ちょうど、悟空が下から見あげているのが、その三人であった。

しかし、その映像は、あまり鮮明ではない。

現場にいるので、ようやく誰が誰であるのか見てとれる程度であった。

「あまり、よく見えねえ」

鋏三郎が口にしたその言葉が、そのまま、

〝あまり、よく見えねえ〟

軸の下側あたりから響いてきた。

「しかたがない。中のからくりがやられてしまっているためだ。これだけ見ることができればよしとせねばならぬ」

〝…………ができればよしとせねばならぬ〟

続いて、吉右衛門の声も聴こえてきた。

「これは？」

〝これは？〟

錬三郎が、驚いて、吉右衛門を見た。

「眼だけでなく、悟空の耳が聴いたものも、この軸から聴こえてくるようにしてある」

「ほう……」

「むう……」

と、溜め息とも驚嘆ともつかない声をあげたのは、赤井忠晶と松本一之進である。

「ゆけ」

吉右衛門が言うと、

にいい……

低く鳴きあげて、三本肢の悟空が、ぎくしゃくした動きながら、歩き出した。

石段へは向かわず、藪をくぐり、森の中へ入った。

篝火の灯りが届かぬため、軸の画面には、ほとんど絵らしいものは浮いてこなかったが、かさり、こそりと、時おり悟空の身体に触れる下生えの音が聴こえてくる。

軸に映る絵の方も、ほとんどかたちをなさないものがずっと続いていたが、やがて、軸の画面にぼんやりと映像が映ってきた。

同時に、人の声も……

悟空は、どうやら、高いところから下を見下ろしているらしい。

部屋だ。

その部屋には、灯が点されていて、それでその映像がどうやら映るようになったらしい。

おそらく、その部屋の梁の上から、悟空は下を見下ろしているのであろう。

何人かの人間がいる。

灯りが暗いのと、映像が不鮮明であるのと、しかも上から見下ろしているためと、幾つかの事情が重なって、映像を見ただけでは、誰が誰やらわからない。

ただ、声は聴こえていた。

「天生とやら、ここに天忍の屍体を運んできたが、背中に鍵はなかったではないか……」

低い声だった。

「背に、傷がござりました。誰かが、天忍の背を切って、鍵を取り出したのでござりましよう」

「それは、おれが斬(き)った傷じゃ……」

これは、あの蝸牛(かぎゅう)の声であった。

「では、その傷口を診(み)た者が、鍵に気づいたのでござりましょう。捕り方の者か、それとも……」

「いずれにしろ、門のところに集まっている者たちの誰かが、鍵を持っていると考えてよいということだな……」

「は、はい」

「しかし、地下倉の扉を掘りあてたら、そこでまた、鍵が必要になるとはな……」

この低い声に、吉右衛門は覚えがあった。

あの、大黒天の声のようであった。

「あの大蜘蛛で、門を壊したみてえに、またあれで扉ごと壊しちまったらいいじゃねえか……」

また、別の声が言った。

「それはできぬのだ、平吉」

「何でだい」

「そのためには、穴を広げて、あれが通ることができるようにせねばならぬ。その時間が我らにはない。大黒星の動きは速い。それに、今は時間を稼いでいるが、そのうち、下からあいつがやってくるであろう」

「犬に、追っかけさせたんじゃねえのかい」

「まだもどってこぬ。おそらく、夜叉丸はやられたのであろう」

「なら、爆薬でも何でも使って、どかんとやって、扉を開けたらいいじゃねえか」

「あれを使ったり、爆薬を使ったりして、中に収められている天海の秘宝を傷つけてしまうわけにはいかぬ」

「天海の秘宝だ何だって言ってるが、そりゃあ、いったい何なんでえ。そろそろ、そのお宝の正体をあかしてくれたっていいじゃあねえか——」

「おまえたちは、知らなくていいことだ」

「源蔵の親分は、びびりやがって抜けたがるし、おめえさんと会ってからこっち、仲間が何人も死んでらあ。せめて、お宝の正体くれえは、言ったたって罰ゃああたらねえ」

　そこへ響いてきたのは、女の声であった。

「ねえねえ、どっちにしたって、この天生ってやつの用事は済んじまったんだろう？」

　ねっとりとした、思わず背筋がぞくりとするような声であった。

「眼の前で、平吉が、天覚ってやつの首をぢょきんとやってやったら、怯えて、たちまち鍵のことを白状しちまったじゃあないか。こういう怯がりが、あたしゃいいんだよう

「……」

「また、山女魚(やまめ)のあれが始まりやがった――」

「ねえ、いいんだろう、大黒の旦那。こいつをあたしの好きにさせとくれよ」

「好きにしろ……」

大黒天の声が響くと、下の暗がりで、何やら人影がもぞもぞと動きはじめた。

「な、何をなさいますか」

「極楽を見せてやろうっていうんだよう。おとなしくするんだよ。ほら、ほうら、硬くなってきたじゃあないか。坊主にしては、立派なものをお持ちだねえ……」

「あ、あーっ」

「ほうら、どうだい。どうだい……」

「そ、そんなことをなされては……」

「ほうら、入ったよ」

「あ、ああっ」

「わたいのは、よく締まるだろう」

この後、しばらく山女魚の痴語が続き、次に男の声が響いた。

「そ、それは、三味線の撥(ばち)、それをどうするおつもりで――」

「こうするんだよう」

「え、な、なにを……」

という声が、ふいに、

「えべっ、えべべべえっ！」

という悲鳴にかわった。

からりと、何かが床に落ちる音がした。

「死ぬんだね、あんた、死ぬんだね。ああ、いいよ、もっとあばれて、もっと動いておくれよう」

山女魚が、喜悦の声をあげている。

下方の灯りの中で、人影が激しく動いているのがわかる。

「この女、やってる男が死ぬ時にしか、気をやらねえ、どうしようもねえ女だ」

これは平吉の声だ。

「なあ、大黒の旦那よう。今度のことじゃあ、おれもでえぶ働いたんだ。この女とやらしてもらいてえ――」

平吉のその声に、

「ひっ」

という、女の息を呑むの声が加わった。

軸から響いてくるその声を聴いていた吉右衛門は、

「千代！」

と、思わず声をあげていた。

間違いない。それは、吉右衛門のよく知っている千代の声であった。

「まだ、殺しゃしねえからよ。な、いいだろ。殺す時は、おれにやらせてもらうが、今はやるだけだ。なあ、ずっと前から、おらあ、この女に突っ込んでみたかったんだ。あのお雪ってえのも上玉だったが、本当言やあ、こっちの女の方が好みだ。どうせ、殺っちまうんだ。なら、その前に、たっぷり楽しみてえ……」

「いかん、まだ、この女には使いどころがある」

「けっ」

と平吉の声が響いた時に、

「待て――」

と、低くこもるような声が響いた。

これまで、ずっと聴こえてこなかった声だ。

「武蔵じゃ……」

そう言ったのは、十三であった。

「どうしたっていうんだよう」

軸から、平吉の声が響いてくる。

「上に、何かいる」

武蔵の声がして、部屋の隅に、ゆらりと誰かが立ちあがった。

その影が動いた。

その瞬間、それまでかろうじて見えていた軸の映像が、ふいに見えなくなった。

「なんだ」

「猫じゃ」

という声が小さくなって、後は悟空が地を駆ける音だけが響く。

悟空が脱出して、逃げたらしい。

ほどなくして、悟空がもどってきた。

「悟空!?」

悟空の左眼に、一本の小柄(こづか)が突き立っていた。

三

「これじゃ」

吉右衛門が、葛籠(つづら)から取り出したのは、十三も、そして、銕三郎も見たことがあるものであった。

以前、ふたりが交互に被って、剣で相手に斬りつけさせられたおりのものだ。

「あのおりの兜ではありませんか」

十三が言った。

「そうじゃ」

言いながら、吉右衛門がそれを頭に被った。

「あん時よりゃあ、少し小さくなりやしたか？」

錬三郎が問う。

たしかに、頭に被った時に、以前よりすっきりしたかたちになっている。

「少し、改良をした」

「改良？」

「敏感になったということだ」

「そりゃあ、どういうことなんです？」

「説明している間はない。ゆこう」

吉右衛門は、腰に大小の二本を差したまま、石段の下で静止している大蜘蛛に向かって歩き出した。

吉右衛門の懐から、左眼を破壊された悟空が顔をのぞかせている。

大蜘蛛の前で立ち止まり、

「手筈（てはず）通りじゃ」

吉右衛門が皆を振り返った。

「あちらの大蜘蛛と大黒天は、このおれが相手をする。あとは、人対人じゃ」

吉右衛門は、肚（はら）をくくった声でそう言うと、顔をもどした。

そこへ――

「法螺右衛門（ほらえもん）」

叫び声をあげて、走り寄ってきた者があった。

甚太郎であった。

「甚太郎か……」

「法螺右衛門、行くのかよ、ほんとうに行っちゃうのかよ」

吉右衛門は、甚太郎の頭に優しく手を置いて、

「甚太郎、おまえ、前から知りたがっていたことがあったな」

「知りたがっていたこと？」

「玉子じゃ。黄身が外側で、白身が内側になる玉子のうでかたじゃ」

「黄身返しの術？」

「うむ。教えてやろう。あれはな、うでる前に、少しばかり、玉子に細工をしておくのじゃ」

「細工って？」

「細工というほど大袈裟なことではない。まず、雄の鶏の精を受けてできた玉子を使う」

「雄の精を？」

「有精卵じゃ」

「ゆうせいらんて？」

「まあ、江戸の玉子のたいていは有精卵じゃから、どの玉子でもよかろう」

「で、それをどうするんだよ」

言っている甚太郎の眼から、涙がほろほろとこぼれ落ちてくる。

「生み落とされてから、三日から四日たった玉子がよい。そうすると、黄身の量が白身より増えておる。この玉子を回転させる」

「回転？」

「絹のな、細長い袋を作って、この中に玉子を入れる。袋の両端を握って、袋をねじってゆく。このねじれがもとにもどる力を利用して、何度も玉子を回転させるのじゃ。するとな、遠心力という力が働いて、黄身を包んでいる薄い膜が破れ、白身が内側に、黄身が外側に溜まる。これをうでれば、黄身返しの術の完成じゃ」

「なんだよ、その遠心力ってえのは。おいらにゃ、わからねえよ。なんで、そんなこと、今、おいらに教えてくれるんだよ」

「甚太郎、おまえは、頭のさとい、思いやりのある子じゃ。おまえには、おれはいつもなぐさめられた。礼を言う」

「ばかやろう。何が礼だよ。法螺右衛門、てめえ、死ぬ気だろう。行くなよ。行くなよう、法螺右衛門――」

　甚太郎は、激しく泣きじゃくっている。

「人はな、たれでも、役目を背負うてこの世に生まれてくる。その役目がわからぬまま、見つけられぬまま、死んでゆく者がほとんどじゃ。おれは臆病者であった。自分の役目を知っていながら、これまでそれに気づかぬふりをしてきた。しかし、その役目がわかったからには、そのために生命をかけねばならぬ時もあるのじゃ――」

「何言ってんだよ。おいらにゃわからねえ。わからねえよ。死なねえでくれよ、法螺右衛門よう……」

「ゆかねばならぬ……」

　吉右衛門は、甚太郎の頭に優しく手をのせ、微笑した。

「おまえたちを、おれの大好きなものたちを……」

　そこまで言って、吉右衛門は、指先で眼尻をぬぐった。

「地球を救うためじゃ」

　吉右衛門が、大蜘蛛の中へ乗り込んだ。

「法螺右衛門！」
甚太郎が叫ぶ。
ゆっくりと、大蜘蛛の胴が持ちあがってゆく。
かっ、
と、大蜘蛛の双眼が光を放った。
わしゃ……
ぎとん……
と、大蜘蛛の脚が動いた。
わしゃ……
ぎとん……
大蜘蛛が石段を登り出した。

四

吉右衛門の操縦する大蜘蛛が、石段を登ってゆく。
わしゃ、
ぎとん、

わしゃ、
ぎとん、
それに少し遅れて、病葉十三、長谷川銕三郎、松本一之進、そして、捕り方たちが続く。

石段の上に出た。

境内を、本堂の方に向かって、大蜘蛛が進んでゆく。大蜘蛛の両眼から放たれる光が、本堂を照らしてゆく。

まだ、何事も起こらない。

本堂を、舐めるように移動していた光が、正面の軒下で止まった。

そこの、太い梁のところに、深々と槍が突き刺さっていた。

「む……」

大蜘蛛の操縦席で、吉右衛門が息を呑んだ時、下からそれを見あげた十三たちも、

「あれは!?」

声をあげていた。

軒に突き刺さった槍に、天山、天空、天水の屍体が貫かれていたからである。

その時――

かっ、
と、中天から、吉右衛門の操縦する大蜘蛛を、二条の光が照らし出した。

見あげれば、禍星（まがぼし）の走る天を背景にして、丸い物体が、宙に浮いていた。

大蜘蛛の頭部であった。

なんと、本堂の背後に、大蜘蛛が、六本の脚をそろえ、それを真っ直（す）ぐに伸ばして、その頭部を可能な限りの天の高みへ持ちあげていたのである。

前の二本の脚は、そのさらに上の星の海に伸ばされていた。

その二本の脚が、星の空から、吉右衛門の大蜘蛛に向かってむちのように打ち下ろされてきた。

ぎゃわっ、
ぎがんっ、
吉右衛門の大蜘蛛の二本の脚が下から伸びて、打ち下ろされてきた脚を受けた。

火花が散り、ばりばりっ、と脚と脚の接点に雷電が疾（はし）った。

「逃げよ」

「退（さ）がれ」

十三と、松本一之進が叫ぶ。

大蜘蛛と大蜘蛛の闘いになったら、生身の人間は、何も手出しはせずに、安全なところまで退くことになっていた。

捕り方たちが、石段のところまで退がる。

わしゃ、
ぎとん、
わしゃ、
と、大蜘蛛が、本堂をまたいで境内へ出てきた。

本堂の前で、二匹の大蜘蛛が向かいあった。

と——

二度、三度と長い脚で打ち合った時、大黒天側の大蜘蛛が、五本の脚を伸ばして、吉右衛門の大蜘蛛の脚の三本をからめとってきた。からめとられたのは、地に立つために使用している三本である。大黒天側の脚の三本も、立つことに利用しているので、大黒天の大蜘蛛は、武器として使用できる全(すべ)ての脚を使って、しがみついてきたことになる。

吉右衛門は、自由になる脚の全てを使って、大黒天の大蜘蛛の胴の部分に攻撃を加えた。

外装が剝(は)ぎとられ、操縦席がむき出しになった。

しかし、そこに、誰も人の姿はなかった。

「自動操縦か!?」

吉右衛門がそう言った時——

きぃいいいい……………んんんん……

むぅううう…………んんんん……

大黒天側の大蜘蛛から、細い、高い音が聴こえてきた。

同時に、大黒天の大蜘蛛が、薄青い光に包まれた。

「いかん」

吉右衛門は、頭上にある、赤い突起物——スイッチに手を伸ばして、それを押した。

吉右衛門の身体が、桃色の泡のようなものに包まれた。

その泡が、吉右衛門を包んだまま、大蜘蛛の背から外に放り出された。

その瞬間——

みちみちみちみち、
きゅんきゅうううん、
という音がして、二匹の大蜘蛛を中心にして、四方が青い光を放つ球体に包まれた。その球体の中で、幾筋もの電光が閃く。

その数、数千、数万、数千万……

ばちいんっ——

という激しい音がして、その瞬間、全てが消えていた。

二匹の大蜘蛛と、本堂の三分の一、そして、地面が、きれいな球面で切り取られ、完全に消失していたのである。

そこへ向かって、四方から、音をたてて、どっと風が叩きつけてきた。

半径六十尺四方の空間が球状に消失し、そこが真空になった。そこへ、周囲から大気が押し寄せたのである。

石段の近くに、桃色の泡が転がっていた。

ずむん……

と、その泡がしぼんで、中央が裂け、中から吉右衛門が出てきた。

十三が、駆け寄ってきた。

「何です、何事があったのです」

「大黒天が、大蜘蛛と大蜘蛛の心中を図り、おれごと葬り去ろうとしたのだ……」

吉右衛門は、消失した地面と、本堂を見やりながら言った。

にいいいい……

吉右衛門の懐で、悟空が鳴いた。

「大丈夫か？」

「どこも怪我はない。ゆくぞ」

吉右衛門は言った。

再び、一同が動き出そうとしたその時——

本堂の陰から、人影が出てきた。

ひとり？

いや、ふたりだ。

男と女──男が、女を背後から抱えるようにして、月光の中へ歩み出てきたのである。

「千代っ！」

吉右衛門が叫んだ。

「吉右衛門さん」

千代が、高い声をあげた。

背後にいる男の右手が、千代の喉元(のどもと)に伸びている。その右手に握られているのは、刃の部分の長い鋏(はさみ)であった。

双牙(そうが)である。

くさめの平吉であった。

「へ、へへへ……」

くさめの平吉が、千代の背後から顔を出した。

その顔に、見覚えがあった。

「お久しぶりで、旦那……」

くさめの平吉が言った。

「おまえ、髪結いの新三郎!?」

「その通りでさ」

口元に、いやらしい、ひきつれたような笑みを浮かべているのは、あの、髪結いの新三郎であったのである。

「おまえ、不知火の一味だったのか？」

「不知火のくさめの平吉ってのが、このあたしでさ……」

平吉——新三郎は言った。

「な、ならば、おまえが、お雪さんを……」

「へ、へへへ」

平吉は嗤った。

「いいお味でござんしたよ。許して、堪忍して、新さん……」

と、平吉は、芝居がかった口調で、お雪の口真似をした。

「かわいい面で、必死になって生命乞いをしてる。たまりませんや……」

平吉はひきつれた笑みを浮かべた。

「その面あ、無理やり張りたおして、好きなだけ突っ込んで精をやらせてもらいやした。こんなあたしのつまらねえもんですが、あの世へ行く前に、ちゃあんと男の味は教えてやったんだ。こいつを、後ろから前へ回して、あの白い喉へぶっつりと突き刺して、ぢょきんとこうやってやった時にゃあ、もう一回、はしたなくも洩らしちまいましたがね——」

「おまえ、そのために、岡田屋へ出入りしてやがったんだな」

「その通りで。岡田屋にいた手代の宗吉ってのが、あたしらの仲間の猿の朝吉で。弓の名人でやしたが、大黒堂の境内で病葉先生に斬り殺されやしたがね」

十三が、じりっと前に出ると、平吉の握っている双牙が、浅く千代の喉に押しつけられた。まだ、皮膚こそ破れていないが、切先で、そこの皮膚が浅くくぼんでいる。もう少し力が加えられたら、そこの皮膚が裂けて、血が出てくるであろう。

「おおっとっと、それ以上、前に出ちゃあいけねえ」

「何が望みだ」

吉右衛門が問うと、

「へへ――」

と、平吉は嗤った。

「天忍の背から取り出した鍵でござんすよ。どなたがお持ちです？」

「――」

「とぼけねえで下さいよ。持ってるなあ、わかってるんだ。そいつをもらいてえんですよ」

「――」

「こんな、剣呑な役目をすることになったのも、この女とやりてえ一心でね。どうやら、このあたりが、あたしらのくたばりどころだ。その前に、この女とやりたくてね。鍵を手に入れてきたら、やらせてやるってんで、この役を引き受けたんだ。どうだい。あたしだって、生命はってんだ。いやだってんなら、この場で、この女殺して、ここを自分の死に場所にするなあ覚悟の上だ――」

吉右衛門の横にいた十三が、左足を先にして、つうっと前に一尺ほど動いた。

「おおっと、病葉先生、そこまでにしておくんなせえよ。先生の腕は、ようく知ってますからね。それ以上前に来たら、遠慮なくずぶり、ぢょっきんとやらせてもらいやすよ。そうなったらあたしが死ぬより前に、この女が先にあの世行きだ……」

十三が、足を止める。

「十三、この男、本気だ……」

吉右衛門が言う。

「本気だって、言ってるじゃあねえですか……」

平吉の額に、汗の玉が幾つも浮いている。

その双眸に宿っているのは狂気の色だ。

「さあ、吉右衛門の旦那、鍵をお渡し願えますかね」

「くむう……」

吉右衛門は、喉の奥で唸った。

平吉の本気が、ちりちりと胸に伝わってくる。

渡すしかない。渡せば、それでどうなるか、吉右衛門もはっきりわかっているわけではない。大黒天は鍵を手に入れてどうするつもりなのか。もしかしたら、自分も大黒天も、心の中で望んでいるのは同じことではないのか。

しかし——

その時、吉右衛門は、視界の隅に、それを見た。

平吉の斜め背後——吉右衛門から見たら左手の方向に、人影が動いたのだ。それも、上方である。

そこにあったのは、どこかへ消え去った本堂の屋根の一部——軒先であった。かろうじて落ちずに残っている軒の先端に、人影が立ったのである。

「へへ……」

平吉が嗤った。

「旦那、やるじゃあねえですか。あぶなく騙されるとこでしたよ。あたしの後ろに、誰かいる、そういう眼つきをわざとして、こっちの気をそらそうとしているんでやしょう。そんなのには、ひっかかりやせんぜ——」

平吉が言っている間に、その人影は、すうっと背筋を伸ばして、両腕を広げた。その両腕から、両足にかけて、布か何かで膜のようなものが張られていた。

ふわりと、その人影が星の宙に舞った。

その人影は、落下しつつも、滑空して、平吉のすぐ背後にまでやってきて、すとん、とその身を落とした。

その人影の右手に、ぎらりと青く光ったのは、短刀であった。

落ちざまに、人影は平吉に背後からしがみつき、その頸の付け根の後ろへ、その短刀を突き立てていた。

鋭い金属が、肉に潜り込む時の、
ぞぶっ！

という音が、吉右衛門の耳まで届いてきた。

「おけけけけっ!!」

平吉は、千代を放し、左手を後方にまわして、頸の付け根に生えている鋭い刃を握った。

ずびっ、
と、人影が刃を抜くと、平吉の指が三本、ぽろりぽろりころりと地に落ちた。

くるりくるりとまわりながら、千代から離れた平吉は、月明りにその人影を見やった。

「て、てめえ、鼯鼠の……」

「源蔵よ……」

右手に、逆手に握った短刀の刃を、赤い舌でぺろりと舐めながら、その人影は言った。

「怪我はしているが、まだこのくれえは飛べるんだよ」

左手で、腹のあたりを押さえながら人影は言った。

「びびりやがったくせに、てめえ、江戸からずらかりやがったんじゃねえのかよ――」

「お千代を、てめえらにかどわかされたまんま、とんずらできるけえ――」

その人影――源蔵は言った。

その源蔵を、月明りに見つめていた千代が、

「お父っつぁん……」

囁くように言って、

「お父っつぁん！」

次に声を大きくして、叫んだ。

吉右衛門も、その顔に、覚えがあった。

千代の父である、口入れ屋の長兵衛であった。

「すまねえ、お千代。これが、わしの正体じゃ。不知火の頭目、鼯鼠の源蔵がおれじゃ――」

はらわたを吐き出すような、どろどろとした声で言った。

「此度の盗め、うまくゆこうがしくじろうが、わしらにいい目はない。大黒天の使い捨ての駒になるだけじゃと思うて、抜けて隠居を決め込んだに、てめえら、不安になって口封じに来やがったな、平吉――」

「て、て、て……」

平吉が、その時、何を言おうとしていたのかはわからない。

次の瞬間、声のかわりにその口から迸ったのは、血飛沫であったからである。

「おばばばばばばばあっ」

大量の血を口からぶちまけて、平吉はそこにひっくりかえっていた。

源蔵は、唖然としている吉右衛門に向きなおり、

「旦那、お千代をよろしく頼みます。あたしの口から言うなあなんだが、口は悪いが気だてのいい女で……」

頭を下げた。

「ついでに言っときますが、千代は、あたしの実の子じゃあねえ。その昔、盗みに入った家で、一家全部を殺ってしまったことがございやして、その時、ただひとり残って泣いていた赤ん坊が、ござりました。殺してやるのが功徳と思って、刃物を振りあげやしたが、その泣く姿の不憫さに殺すことができず、連れて帰って、育てたのが、そこのお千代でござりやす。したがって、この、源蔵の血は継いじゃあおりやせん。どこのどの家の子などと、今さら言うつもりはござりやせん。あたしは、ここでお縄をちょうだいいたしやすが、どうかどうか、この千代のことを、よろし……」

そこまで源蔵が言った時、いきなり、平吉が起きあがって、

「こ、この、びびり魔羅の糞ったれがあ――」

横から源蔵の頸に、双牙を突き立てた。

ぞきん――

という不気味な音が響いた。

ぴゅう、

と、源蔵の頸から血が噴き出した。

「おんべらばあっ！」

源蔵が、そこに仰向けに倒れていた。

双牙を握ったまま、

「くけけけっ！」

千代の方に走り寄ろうとした平吉に向かって、十三が剣を走らせた。

平吉の首が、胴から離れ、宙に飛んだ。

なんということか、凄まじいことに、その首は、地に落ちずに、

「けけけけけけ――」

声をあげながらさらに千代に向かって飛んでいったのである。

その時――

「かあっ！」

と叫んで、その首に向かって、跳びかかったのが、後に鬼平と呼ばれることになる長谷川銕三郎であった。

その首が、宙で止まっていた。

銕三郎が、右手に持っていた短刀が、平吉の額を貫いていたのである。

宙で、刃に額を貫かれたまま、平吉は、がちがちと歯を嚙み鳴らし、

「てめえ、よくも邪魔アしやがったなあ……」

ぎろりと銕三郎を睨んだ。

つるりと、刃を滑って、首が地に落ちた。

眼を剝いたまま、平吉は死んでいた。

そこへ——

ちょきん、

ちょきん、

ちょきん、

という金属音が響いていた。

見やれば、首が失くなり、仰向けに倒れている平吉の右手がまだ動いていて、しきりと双牙を動かしていたのである。

やがて、その音もやんだ。

「一生、夢に見そうですぜ……」

銕三郎が、額の汗をぬぐった。

「お父っつぁん……」

千代が、倒れている源蔵の身体にしがみついた。

しかし、すでに源蔵はこと切れていて、動かなかった。

千代が、悲痛な泣き声を天に響かせた。

「千代……」

千代の横にしゃがんで、吉右衛門は、その震える身体を抱き寄せた。

「おれに、守らせてくれ……」

吉右衛門は、つぶやいた。

「このおれに、そなたを守らせてくれ。おれには、そなたが必要じゃ。だから、守らせてくれ……」

吉右衛門の手も震えている。

吉右衛門の眼から、ぽろぽろと涙がこぼれ落ちてきた。

「そなたが、愛(いと)しゅうて愛しゅうてどうにもならぬ。このおれを助けると思うて、そなたを、おれに守らせてくれ……」

千代が、わあっ、と泣きじゃくりながら、今度は吉右衛門にしがみついてきた。

その時――

それに、一番最初に気づいたのは、吉右衛門であった。

「何か、来る……」

吉右衛門は、千代の肩を抱いたまま、立ちあがった。

「何か!?」

十三が問う。

「山じゃ」

吉右衛門は言った。

そう言うしかなかった。

圧倒的なもの。

圧倒的に巨大なもの、それが、静かに動き出したのだ。しかも、それは、こちらに向かって近づいてくるのである。

まるで、この大地そのものが動き出したようであった。

その感覚を、吉右衛門は〝山〟と表現したのである。

「むう……」

と、十三が声をあげた。

吉右衛門に続いて、十三もそれに気がついたのである。

「これか!?」

十三は、呻いていた。

まさに、山が動き出したとしか思えない巨大な気が、闇の中からこちらに向かって動いてくるのである。

「どうして、わたしより先に、これに気づいたのですか——」

「この、ゑれき兜じゃ……」

吉右衛門は言った。

「ゑれき兜?」

「この兜は、人の気配を受けて、それをおれに知らせてくれるのじゃ」

くわっ、

と、吉右衛門は、その気配の方向を睨んだ。

闇の奥——本堂と渡殿の間に、ひとつの人影があった。

その人影が、ゆっくりと、まるで山が動き出したとしたら、かくもあろうという速度で、こちらに向かって近づいてくるのである。

その人影が、止まった。

「新免武蔵……」

と、その人影がつぶやいた。

名のるまでもない。

すでに、十三は、それが宮本武蔵であるとわかっている。

「最後の戦をせよと、言われた……」

武蔵は言った。

「戦なれば、そこにいる皆、斬り殺さねばならぬ。しかし、逃げる者はその限りにあらず。心して、向こうてくることじゃ」

立ち止まった武蔵は、山から、一本の樹に変貌した。

武蔵が腰に差した大小のうち、大刀の鞘が赤い。

その赤鞘を見て、

「その剣、薩摩屋敷の大久保安治郎殿の差料ではないか？」

松本一之進が問うた。

「おう。わしが差料が折れたのでな、犬の夜叉丸が、手ごろなものを見つけて、盗ってきてくれたのじゃ――」

武蔵が言った。

「さて、では、戦を始めようか。こちらはひとりだが、気にせず、存分に掛かられよ」

武蔵の身体が、心もち、前のめりになった。

その時であった。

「練心館無外一水流、病葉十三――」

十三が、名のって前へ出ていた。

足を止め、

「新免武蔵殿と一騎打ちが所望」

そう言った。

「立ち合いたいというわけか」

「然り」

十三が背を伸ばして言った。

「ぬしとは、橋で会うたな……」

「会うた」

「あの時から気になっていた――」

「我もじゃ」

十三は言った。

「承知……」

と、武蔵はうなずき、天を仰いだ。

「これが、我が生涯最後の立ち合いとなるであろう……」

再び、その顔を十三に向け、

「くつろげ」

　武蔵は言った。

「身体をくつろげぬと、わしには勝てぬぞ……」

　武蔵に言われて、十三は一歩退がった。

　二度、三度、深く息を吸って、深く吐く。

　十三の身体の中に張りつめていたものが、すうっと天へ抜けるのが、吉右衛門にはわかった。

「それでよい……」

　武蔵は言った。

「吉右衛門殿、松本一之進殿、手出しは無用……」

　十三は言った。

「ここで死すとも、この病葉十三悔いはござらぬ。この十三が死んだら、好きにされよ
――」

「――――」

　吉右衛門も、松本一之進も、言葉がない。

「承知か」

　十三に問われ、

「し、承知——」

松本一之進がうなずいた。

「一対一じゃ……」

つぶやいて、十三は、さっき退がった分だけ前に出て、足を止めた。

「勝負」

五

十三は、月光の中で、武蔵と正面から向きあっていた。

さっきと同じ場所に立っている。

しかし、まだ、間合ではない。

十三も、武蔵も、まだ無刀である。その手に剣を握っていない。

十三の前にそびえているのは、巨大な山であった。

ことさら、気配を断っているわけでもなく、気配を放っているわけでもない。ただ、そこに立っている武蔵の肉体から、ゆるゆると気が出るともなく流れ出てくるだけである。

その気の流れだけで、その気の源泉が、どれほどの気を——力を内蔵しているかがわかる。

勝てるか、この漢(おとこ)に——

十三は思った。

勝てない。

勝てると思って、この漢の前に立ったのではない。

立たねばならない——だから立った。

剣に生きる者として、避けられない運命のようなものだ。

そうとしか言いようがない。

今、ここでこの漢の前に立つことから逃れたら、もう、二度と、自分はこの漢の前にこうして立つことはできぬだろうと思った。今、ここで逃げたら、自分はもう、二度と剣は握らぬであろうと思った。修行して、技を磨き、さらに強くなって再び——そういう相手ではない。

今、逃げれば、生命は延びるであろう。

しかし、二度と剣は握れまい。生命は助かっても、自分はここで死ぬのだ。自分は死んで、肉体だけが生き残る。残りの一生を、ただ、肉体だけで生きる。

それが、できるか。

できない。

しかし、できないから、この漢の前に今立ったのではない。そこまで考えて、この漢と今向きあっているのではない。
ああ――
理屈ではない。
理屈ではないのに、今、自分は考えている。
考えてしまう。
剣は、どちらが疾い？
それは、武蔵だ。
この漢の方が疾い。
力は？
膂力はどちらが強い？
それは、この漢だ。
今、自分の前に立っている宮本武蔵だ。
見切りは？
それも、武蔵が上だ。
人を斬ったことは？
自分も、人を斬ったことはある。
しかし、その数、この武蔵には遠く及ぶまい。それに、何人の人を斬ったとか、そんなことは、この武蔵の前に立った時、どれほどの意味もない。

自分が、武蔵に勝てる要素は何ひとつないといっていい。

それでも、今、武蔵の前に立たねばならぬ——そう思ったから立ったのだ。

武蔵は、ただ、立っている。

山のようにそこにそびえ、一本の立ち木の如くにそこに立っている。全てが自然のままだ。

殺気はない。

たとえば、山に気配があるのならそのように、樹に気配があるのならそのように、ただ武蔵の気配が、ゆるゆると自然のままにその身体からこぼれ出ているだけだ。

互いに、まだ、剣を握っていない。ただ立ち、向きあっている。

「どうした……」

ひどく優しい声が、武蔵の口から洩れた。

「来ぬのか……」

父親が、息子の身を案ずるような声。

「ならば、わしからゆこうか……」

その声を耳にして、十三は、半歩、退がった。

武蔵は、まだ、爪先ひとつにせよ、前に出ているわけではない。

自分からゆくかと声をかけただけである。

であるのに、十三は、半歩退がっていた。

この瞬間に、もし、武蔵が前に出てきて斬りつけてきたら、おそらく自分は、その剣を受ける間もなく、斬り殺されていたろう。

先ほど、いったんは澄んだかに思えた自分の肉に、また、濁りが生じている。

この濁りの正体は――

怯えだ。

十三は思った。

怯えとは何か。

それは、生命を惜しがることだ。

自分の生命を守ろうとする思い、生きながらえようとする思い、それが、今、気の濁りとなっているのである。

その濁りをとるには？

生命を惜しまねばいい。

十三は思った。

生命を、はじめから捨てる。

生命なぞもともとない。

そう思えばよい。

ここで、死ぬ。

そう思った途端、すうっとまた力が抜けた。

透明な大気が、自分の肉体の中に流れ込んでくるようであった。それと共に、自分の肉体が澄んでゆく。透明になってゆく。

「ほう……」

武蔵が、感心したような溜め息をついた。

ゆっくりと、十三は剣を抜いた。

それを持ちあげ、上段に構えた。

「みごとじゃ」

惚れぼれしたような眼で十三を眺め、すらり、すらりと武蔵も剣を抜いた。

右手に大刀を、左手に小刀を。

二刀を両手に持ち、その切先を、だらりと地に向かって下げた。

二天一流――

武蔵があみ出した剣法である。

武蔵が、自然のままの石や樹であるなら、今、十三は透明な水であった。

水のように、十三は武蔵の前に立っていた。

初太刀(しょだち)だ。

最初の太刀しかない。

一度でもはずしたり、受けられたりしたら、次の太刀はない。

また、一度でも武蔵の剣を受けたりしたら、もう、次の機会はない。

武蔵の剣を受けない。

ただ、最初の一撃、自分の初太刀のみに、全身全霊を込める。この三十数年の生涯の全てをその初太刀に込める。

後は……

後は、天の決めることだ。

そう思った。

先にゆく。

武蔵が先に動いてからでは、もう間に合わない。

では、いつ仕掛けるか。

いつでもよい。

いつでもよいのなら、それは、今でもよいということではないか。

ならば、今、ゆこう……

その時——

「いかん、十三!!」

声が響いた。

「生命を粗末にするな。武蔵は魔性じゃ!!」

吉右衛門の声であった。

すでに、十三の内部で始まっていた動きが、それで、わずかに遅れた。

その瞬間——

ぴゅう、

と、大気を裂いて、十三の眼の前の空間を、斜め下から天へ向かって光るものが疾り抜けていた。

武蔵の大刀である。

本来であれば、十三の首がそこにあったはずの場所であった。

「おちゃあ!」

十三の剣が疾った。

その切先が、武蔵の頸の付け根を、さっくりと裂いていた。

「むん」

武蔵が左手に握っていた小刀が、下から突きあげられた。

その小刀の切先が、十三の顎の下、喉に潜り込む寸前で止まっていた。

「わしの負けじゃ……」

武蔵は、微笑した。

小刀の切先が、すうっと下ろされてゆく。

武蔵の頸の付け根の切り口から、金属の管や、金属の紐のようなものが覗いていた。その一部が、十三の剣によって断ち切られているのが見える。

血は、一滴も流れてこない。

ばちばちばち、

ぴしっぴしっ、

と、その切り口のところで、細い小さな稲妻がはぜている。

「わが身体の多くは、からくりでできておる。わしは今、からくりの力によって、生かされている。まともに残っているのは頭だけだ。生身の身体であれば、ぬしの勝ちじゃ……」

武蔵の腰が、すとん、と落ちて、そこに武蔵は胡座した。

「これで、ようやっと死ねるわい……」

武蔵は、天を仰いだ。

そこに、禍星が尾を引いている。

「よい腕じゃ、励めよ……」

十三に向かって武蔵はつぶやいた。

ひゅう……

と、武蔵は息を吐いた。

それきり、武蔵は動かない。

武蔵は、天を見あげ、両眼を開いたまま死んでいた。

「無事か、十三——」

吉右衛門が、駆け寄ってきた。

「あなたのおかげです、吉右衛門さん……」

十三は、剣を下げながら言った。

「あやうく、武蔵の魔性に呑み込まれるところでした……」

「何があった?」

「武蔵と向きあううちに、生命などいらぬと思うようになったのです。ここで、死んでもよいと。怯えはありませんでした。むしろ、ここで死ぬのが心地よいと、そんなところまで考えていたかもしれません……」

「やはり、そうであったか——」

「あなたには、わかったのですか、吉右衛門さん」

「わかったというよりは、見えたのじゃ」

「見えた？」

「ぬしから、ほとんどの気配が消え、まるで、蛇に睨まれた蛙が、自分を喰うてくれと、蛇の前に、自分の生命を差し出しているようにおれには見えたのじゃ……」

「その兜ですか？」

「ああ。この兜を被っていなかったら、わからなかったであろう……」

「何にしても、こうして今、息が吸えるのはあなたのおかげです、お礼を言います」

十三は、剣を鞘に納めた。

「病葉先生、これは――」

駆け寄ってきた松本一之進が、武蔵を見下ろしながら言った。

「化物です、化物が、今、ここでようやく死んだのです……」

十三が見下ろした武蔵の頸からは、まだ、小さく稲妻がはぜていた。

六

十三と、吉右衛門が先頭であった。

破壊された本堂の角を曲がって、宝物殿の方に向かおうとしていた時、その角から、先にわらわらと姿を現わした人間たちがいた。

その数、二十人余り――

いずれも、半裸であったり、粗末な衣類を身につけているだけの男たちであった。

大黒天に雇われていた人足たちのようであった。

役人の姿を見ると、走って逃げ出す者もいれば――

「お助けを――」

そう言って走り寄ってくる者もいた。

「追うな、放っておけ――」

十三が言った。

寄ってきた人足に、

「どうした、何があったのじゃ」

松本一之進が声をかける。

「お助けを、お助けを――」

と、その男は手を合わせる。

そこへ――

「いやしたぜ」

鋏三郎が、ひとりの半裸の男の首根っこを摑(つか)んで、引っ張ってきた。

「こいつは、昔の博打仲間で、いかさまが得意の、三五郎ってえ野郎で――」

「て、銕兄い、かんべんしてくれ。おれたちゃ、みんな知らなかったんだ。まさか、寺襲って、住職を殺し、建物の床ひっぺがして、穴を掘る仕事だなんてわからなかったんだ。知ってたらやらねえ、こんなやべえ仕事――」

その男――三五郎は、地に両膝をついて、たて続けに言った。

「わかってるよう。それより、どうしたんだ、急に、みんな出てきたわけは？」

「わけなんか知らねえよ。ただ、あの黒ずくめの大黒天てえ野郎が、仕事はもう済んだ、好きにしろってえから、逃げるようにして穴ん中から出てきたところだ」

「仕事？」

「だから、穴を掘る仕事だ。飯だけは喰わせてもらえたが、ほとんど眠らせちゃあもらえなかった。ひたすら穴掘りだ。逃げようとした者もいたが、殺されて、見せしめにぶら下げられた。それからは、誰も何も言わねえ。ただ、ひたすら穴だけを掘った」

「仕事が済んだってえことは、穴を掘り終えたってえことか――」

「そうだ。三十尺以上もでけえ穴を掘ったら、そこに鉄の扉があった。土ぃどけて、その鉄の扉を全部見えるようにして、それで終えだった。ついさっきまで、おれたちゃ、それをやってたんだよう」

「わかった」

「もう、行ってもいいのかい」

「よい」

そう言ったのは、十三である。

「いずれ、細かい話は訊きにゆくことになるであろうが、たいした咎めにはならぬだろう。逃げたりしなければな……」

松本一之進が言った。

「どうだ、三五郎、聴いたか。逃げるなよ。こっからはひとまずいなくなってもいいが、とんずらすりゃあ、てえへんなことになるからな」

銕三郎が言った。

「わ、わかった」

「中の様子は？」

吉右衛門が訊いた。

「だ、大黒天てえ野郎と、それから、蝸牛ってえおかしなやつと、薄っ気味の悪い女の三人が残ってるだけだ。後は知らねえ――」

「わかった」

吉右衛門はうなずいた。

「行っていいぜ」

鋏三郎は言った。

「下に、千吉がいる。やつに居場所を言っておけ──」

「わかったよ、兄き──」

そう言って、三五郎は姿を消した。

その時には、もう、人足たちはどこにもいなくなっていた。

「ゆこう」

吉右衛門が、先になって歩き出した。

向こうに、宝物殿が見えていた。

月光の中に、黒々と屋根がそびえている。

入口の扉が開いていた。

吉右衛門の懐から、悟空が地に跳び下りた。

悟空が、先頭になった。

悟空より、六歩ほど遅れて、吉右衛門、十三、松本一之進、鋏三郎の順で進んでゆく。

開いた扉の前で、悟空が足を止めた。

扉の奥は、暗くて何も見えない。

ただ、生々しい土の臭(にお)いが、ぷうんと吉右衛門の鼻に届いてきただけである。

にいいいいい……

ゆっくりと、悟空が中に入っていった。

七

宝物殿の奥は、真の闇であった。

扉をくぐったところには、内陣に至るための通路をかねた部屋の如き空間が広がっていた。

左右は、木の柱と漆喰(しっくい)でできた壁である。

前をゆくのは、吉右衛門だ。先にゆくという十三を制して、吉右衛門が先頭になったのである。

吉右衛門の後方を、十三が歩き、その後ろから、錬三郎、松本一之進と捕り方たちがついてくる。

悟空は、吉右衛門の爪先のすぐ前を歩いている。

ぷうんと土の臭いが濃くなった。

向こうに、内陣の闇がある。

吉右衛門は、右手に、抜き放った剣を握っている。

その後方を歩く十三の剣は、鞘に収められている。十三の左手が握っているのは、龕燈(がんどう)

である。その龕燈の灯りも、内陣の闇の奥までは届かない。

「だいじょうぶでござりまするか」

もうひとつの龕燈の灯りを持ちあげて、松本一之進が後方から声をかけてくる。

「だいじょうぶじゃ」

吉右衛門が答えた。

内陣の手前で、吉右衛門は足を止めた。

すぐ先が、内陣であった。濃い闇と、土の臭い。土の臭いは、そのまま闇が持つ血の臭気のように、重く、生々しかった。

その土の臭いの中に、もうひとつ、別の臭いが混ざっていることに、吉右衛門は気づいていた。何の臭いか。すぐにわかった。それは、本物の血の臭いであった。

その時――

熱気を持った風圧の如きものが、どん、と吉右衛門の全身を叩いてきた。

次の瞬間――

白い光が見えた。

現実の光ではない。

吉右衛門が、それを、白い光の如きものとして捕えたということである。

その白い光が、闇の奥の斜め上方から、自分の左の肩口目がけて襲いかかってきたのである。

その白い光芒を、右へ跳んでかわした。

その瞬間であった。

その白い光をなぞるように、金属光を放つものが、宙を疾ってきたのである。

それが、つい今まで吉右衛門のいた空間を薙いだ時、しかし、すでに吉右衛門はそこにいなかった。

「つやあああああっ!!」

吉右衛門は、右手に握っていた剣に左手を添えて、おもいきり前に突き出していた。

ぞこっ!

と、その剣が人の肉体に潜り込んでいた。

「ぬがががががっ」

声をあげたのは、あの、蝸牛であった。

十三が向けた龕燈の灯りの中で、右手に剣を握った蝸牛が、吉右衛門の剣によって腹を貫かれ、背後の柱に刺し留められていた。

「うんけらちょばっ」

それでも、右手の剣を振って、さらに蝸牛は吉右衛門にひと太刀あびせにきた。

「かあっ」

右手で、腰の剣を抜き放ちざまに、十三が蝸牛の右腕に斬りつけた。剣を握った蝸牛の右手首が、ごとん、と床に落ちる。

それでも、なお、蝸牛は吉右衛門に向かってきた。自分の腹を貫いている剣の刀身に、自分の身体を滑らせて、前へ出てきたのである。

蝸牛の左手が、吉右衛門の喉を握り潰しにきた。

咄嗟に、剣の柄から両手を放し、吉右衛門は、後方に跳んで逃げた。

刀の鍔で、蝸牛の身体は止められ、それより前へは出られなくなった。蝸牛の左手が、虚空を摑んだ。

「これまでのようじゃな……」

ごぼりと口から血を吐いて、蝸牛はつぶやいた。

足を踏んばり、

「ぬぐぐっ」

と、蝸牛は前に出た。

蝸牛の身を貫き、背後の柱に潜り込んでいた剣が、柱から抜けた。

「あわてるねえ、もう、なんにもできやしねえ……」

蝸牛は嗤った。

「山女魚、山女魚！」

蝸牛が、闇に向かって叫んだ。

「てめえのやるのにちょうどいいのが、ここにできたぜえっ！」

と——

「どんなんだい」

闇の中から、ぬめりとした女の声が響き、龕燈の灯りの中へ、あの、山女魚が出てきた。

山女魚は、蝸牛を見やり、

「なんだい、蝸牛、あんたかい」

紅い唇をめくりあげて、白い歯を見せた。

「くたばる時ゃあ、てめえに引導をわたしてもらおうと思ってたんだ。頼むぜえ——」

「ここでかい」

山女魚が、吉右衛門と、十三を、舐めるような視線で見やった。その眸が、もう、欲情して、ぬれぬれと光っている。

「どこだっていいじゃあねえか、さあ、早くしねえと、おりゃあやる前にいっちまうぜえ……」

蝸牛が、仰向けに倒れた。

背中へ突き抜けていた剣先が、床に押されて、ずりっと刀身が動いて半分抜けかかった。

山女魚がその剣を抜いて、ひょいと横へ放りなげる。

「好きにやらせてもらうよ」

山女魚は、蝸牛の上に跨り、野袴をくつろげて下ろした。

「なんだい、はしたない。もうこんなにおっ立ててるじゃないか」

山女魚は、喜悦の声をあげた。

吉右衛門たちをぞろりと見やり、

「見物するなり、先に行くなり、殺すなり、好きにするんだね。あたしゃあたしで、勝手にやらせてもらうからさ——」

山女魚は着ているものの裾をめくりあげ、腰を持ちあげて、いきりたった蝸牛のそれを白い指で握り、腰を沈めた。

「ああ、凄いよう、蝸牛。なんて硬いんだい、おまえのこれは——」

山女魚は、腰を動かしはじめた。

凄まじい光景であった。

吉右衛門は、顔をしかめて、兜を脱ぎ捨てた。

ふたりの淫気が押し寄せてきて、吉右衛門の精神の方がおかしくなってしまいそうだったからだ。

「放っておけ、十三、ゆこう」

吉右衛門はふたりに背を向けた。

「……む」

と、十三が、吉右衛門の背を追いかけたその時――

山女魚の身体を抱えたまま、いきなり蝸牛が起きあがってきた。

左手に、まだ自分の右手首がぶら下がっている剣の柄を握り、

「ほんじょらばあっ！」

吉右衛門に向かって斬りつけてきた。

「つえええっ！」

同時に、十三の剣が突き出された。

その剣は、蝸牛の背から潜り込み、前にいた山女魚の腹まで貫いていた。

蝸牛の剣が、吉右衛門に届く寸前であった。

十三が、剣を引き抜くと、蝸牛は仰向けに倒れた。その上に、まだ山女魚が跨っている。

「失敗じゃ……」

蝸牛は、また嗤った。

「痛い、痛いよう……」

蝸牛の上で、呻きながら、なお、山女魚は腰を動かし続けている。

「ああ、死ぬの、死ぬんだね、蝸牛。ああ、痛い、ああ!!　気持ちがいい、痛い、気持ちいい!!　あっ、あっ、あっ……」

と声をあげ、それが高い悲鳴のような声になって、

「あっぴょうっ！」

ひと声大きく叫んで、山女魚の身体は動くのをやめた。

奇っ怪なる生物ともいえるふたりは、ともにそこで息絶えていた。

「ふうう……」

と、十三が、溜めていた息をようやく吐いた。

「とんでもねえ人間たちだ……」

吉右衛門は、拳(こぶし)で額の汗をぬぐった。

八

吉右衛門は、内陣の巨大な闇の中に立っていた。

吉右衛門の右横に、十三が立っている。その横に錬三郎が立ち、さらにその横に、松本一之進が立っている。そして、その背後に、二十人に余る捕り方が並んで立っていた。

捕り方たちの持っている龕燈の灯りが、七つ。

その灯りに照らし出されているのは、奥正面の、大黒天の像であった。

その大黒天と、吉右衛門たちの間の床がはがされて、そこに、黒い大穴が、ぽっかりと

口をあけていた。

　掘り出された土が、大黒天の前や壁際に積みあげられている。多くの土は、外に運び出され、今、この内陣の中にあるのは、つい先ほどまで掘っていたと思われる土であった。

　掘り出されたばかりと見えるその土は、黒っぽく、まだ湿気を含んでいた。

　そして、大黒天の像に向かって右横に、低くうずくまっているのは、あの巨大な金属の大蜘蛛であった。

　そして、大黒天の像の前に盛りあげられた土の上に、腰を下ろしているものがいた。

　全身、黒ずくめの男だ。

　頭部は、黒い布で包まれており、そして、肩から下もまた、マントの如き布でくるまれている。

　大黒天であった。

　大黒天に、龕燈の灯りが集まっている。

　捕り方たちが、怯(おび)えているのがわかる。

　敵は、大黒天がひとり――しかし、気になるのは、大黒天の像の右横にある、あの大蜘蛛であった。今、ここでいきなり大蜘蛛が動き出して向かってきたとしても、吉右衛門の側には、それを止める術(すべ)はない。吉右衛門には、今、あの大蜘蛛はない。吉右衛門の大蜘蛛は、大黒天の大蜘蛛とともに、他の空間に消えてしまった後、呼びもどせていない。

大黒天が、ゆっくりと顔を持ちあげてきた。

布の裂け目から覗く、ふたつの眼が、吉右衛門を見た。

「おい……」

と、大黒天は言った。

低い、しゃがれた声であった。

「何だ……」

吉右衛門が、答える。

「話がある」

大黒天が言った。

「話？」

「ふたりきりで、話がしたい……」

大黒天がそこまで言った時、

「なにとんまなことを言ってやがる。そっちは、今さら逃げられめえ。何であれ、要求するのは、みいんなこっち側だ。てめえは、もう、黙ってこっちの話を聴くしかできねえようになってやがるんだぜえ!!」

鋏三郎が言った。

鋏三郎が、さらに何か言おうとするのを、吉右衛門が止めて、

「いいだろう」

そう言った。

「ふたりきりでだ」

大黒天が言った。

「おれも、そうしようと思っていたところであった……」

吉右衛門が言う。

「ならねえよ、先生。話があるってえんなら、今、ここですりゃあいい。ふたりっきりでなんてとんでもねえ。あっちは今、そんなこと言える立場じゃあねえんだ。ふんじばっといて、その上で話をしたっていいんだ――」

鋲三郎が言った時、ふいに、大蜘蛛の両眼が、かっ、と光って、その頭部がぐううっと上にせりあがった。

「わああっ」

と、捕り方たちが、後方に退がりかけた。

「やめろ!!」

吉右衛門が叫ぶと、大蜘蛛が動きを止めた。

「たのむ。ほんのしばらくでいい。あの大黒天と、ふたりで話をさせてもらいたいのだ……」

吉右衛門が言う。

「だいじょうぶですか？」

松本一之進が、不安そうに言う。

「ええ。今、ここで、大黒天と話をしておきたいのです」

「わかりました」

松本一之進は、後方を向いて、

「退がるぞ。いったん退け——」

捕り方たちに言った。

捕り方たちの中に、ほっとしたような空気が広がった。

捕り方たちと、松本一之進が退き、そして、銕三郎も続いて退いた。

しかし、十三だけは、そこを動かなかった。

「わたしは残ります」

十三は、吉右衛門に——というよりは、吉右衛門に向かって言いながら、大黒天に対してそれを告げたように見えた。

「勝手にしろ……」

大黒天がうなずいた。

結局、吉右衛門と、十三がその場に残った。

そして、悟空が。

十三の左手には、灯りの点いた龕燈がひとつ。

そして、そこにいる者たちを照らしているのは大蜘蛛の両眼だ。

つうっ、と大黒天が立ちあがり、一歩、二歩と、土の山を降りてきた。

右手が、腹を押さえている。

足もとがおぼつかない様子で、ひと足ごとによろけていた。

途中で、前につんのめり、穴の縁に倒れた後、また、ゆっくりと起きあがった。

「どうした、怪我をしているのか？」

吉右衛門が訊いた。

「あの、蝸牛ってのが、勝手に出てゆこうとしたのでな、止めようとしたのだ。そうしたら、いきなり、横にいた山女魚という女が刺してきたのさ。どうも、はじめから逃げようと申し合わせていたらしい……」

「そうか——」

「あのふたりは？」

「死んだよ……」

「だろうと思った……」

大黒天の呼吸が荒い。

大黒天が、ゆっくりと、纏(まと)っていたマントを脱ぎ捨てた。

「強い磁力を発生させて、このマントで、鉄でできたものを引き寄せたり、向こうへ流したりできるように作ってあったのだがな、もう、これもいらぬ……」

そのマントの下から出てきたのは、ジーンズを穿(は)いた下半身と、そして、黒いTシャツを着た上半身であった。

「もう、これも、用はない」

大黒天は、頭に被っていた布を取り去った。

その下から、男の顔が現われた。

その顔を見た時――

「こ、これは!?」

十三が声をあげていた。

布の下から現われた顔――ひょろりとしたへちまのような顔、そして、へのこの如き鼻。

それは、そっくりそのまま、吉右衛門の顔であったのである。

「雨宮吉右衛門じゃ……」

大黒天は言った。

「そ、それは、つまり、――」

言葉につまったのは、さすがに十三も動転しているからであろう。

「雨宮家の子孫ということだ」

「そうではない、その名前、吉右衛門という名じゃ」

「堀河吉右衛門、そやつの名は仮の名だ。実は、そやつは――」

大黒天がそこまで言った時、

「雨宮吉右衛門――それが、真（まこと）のおれの名じゃ」

吉右衛門が、自らそう言った。

「そこにいる大黒天、そやつは、このおれなのだ、十三よ……」

「ま、まさか!?」

「本当のことだ……」

腹を押さえながら、大黒天が言う。

「おれも、最初は信じられなかった。事をなすため、不知火の連中を力ずくで仲間にしたのだが、連中の何人かが、おれとよく似た人間が、この江戸時代にいるという。で、会いに行ってみたら、おまえはまさしくおれであった……」

「からくり屋敷に、犬と現われたあの晩のことか」

十三が訊く。

「そうだ」

大黒天はうなずいた。

「で、では、おまえもまた吉右衛門さんと同様に、未来からやってきたということか!?」

十三が問うと、

「ほう?」

と、大黒天は十三を見やり、その視線を次に吉右衛門に向けて、

「この男、知っているのか?」

そう問うた。

「話をした」

吉右衛門は言った。

「では、大黒星——シヴァのことも?」

「伝えてある」

「あの、禍星が、この大地にぶつかるという話ですね」

十三が言った。

「二百七十年後だ」

言った後で、大黒天は、腹を押さえたままそこに膝を突いた。

腹を押さえている右手が、血に染まっている。

「十三よ、以前も言うたが、おれたちは二百七十年後の未来からやってきたのだ」

「別々に?」

「そうじゃ」

吉右衛門は、うなずいた。

「おれは、そやつが作った未来から。そやつは、天海が作った未来から……」

言いながら、大黒天は立ちあがってきた。

だが、十三には、ふたりの言っていることの全部が理解できているわけではない。しかし、十三は問うた。

「何のために？」

「地球を、未来を救うためだ」

大黒天が言った。

「地球？」

「江戸をだ。そして、世界を救うためだ」

そう言う大黒天の呼吸が荒い。

「吉右衛門さん、あなたもですか？」

十三の問に、吉右衛門は、大黒天よりも苦しそうに首を左右に振った。

「おれは、逃げてきたのじゃ、十三よ。おれは、滅びの未来から、この江戸へ逃げ出してきたのだ……」

「わたしには、まだわかりません。あの禍星が、この大地にぶつかると、本当に我らは皆、滅びてしまうのですか」

「ああ」

「この日本も？」

「ああ」

「唐、天竺、南蛮も？」

「ああ」

「和蘭陀も？」

「そうじゃ、何もかもが滅ぶ……」

吉右衛門が言った時、大黒天が右手を差し出してきた。

その右手に、黒い四角い板が握られていた。板の表面には、小さく灯りの点った、青や緑や赤の突起があった。

「吉右衛門、おれにはもう時がない。ゆかねばならぬ。穴の下まで縄梯子が掛かっているが、自力では下りられぬ。大黒船で、おれを下まで下ろしてくれ。どうせ、大黒船は下ろさねばならぬのだ」

「わかった」

吉右衛門が、その黒い板を受け取った。

「大黒船？」

十三が問う。
「あれじゃ」
吉右衛門が、視線を大蜘蛛に移した。
「あれは、大黒船というのか」
「時空船じゃ」
「時空船？」
「時間と空間を駆ける船だ。とは言っても、時は過去へしかゆけぬ船だがな」
これは、大黒天が言った。
吉右衛門が、突起に指で触れてゆくと、
わしゃ、
ぎとん、
わしゃ、
ぎとん、
大蜘蛛――時空船が動き出した。
三人の前までやってくると、脚を縮めて身を低くした。
腹の部分が開く。
三人が、時空船に乗り込んだ。

再び、時空船が動き出した。

穴の縁まで歩いてゆくと、時空船は長い脚で、穴を跨いだ。

光る両眼が動いて、穴の中を照らし出した。

わちゃ、
のちょ、
わちゃ、
のちょ、
時空船が、穴の中に入ってゆく。

時空船の脚が、上手に穴の壁に、爪先を差し込みながら、下へ下りてゆく。穴は、ちょうど、時空船が下りるのにほどよい大きさになっていた。

大黒天が、そういう大きさにしたのであろう。

下まで下りたところで、時空船は動きを止めた。

胴が下がって、腹が開く。

そこから、三人が降りた。

三人の眼の前、そこに、巨大な金属の扉があった。

「鍵を」

大黒天が、血で濡れた右手を差し出してきた。

吉右衛門が、その手の上に、懐から出した鍵を載せてやった。

「時空船か爆薬を使って、無理やりこれを開けてもよかったのだがな、それは最後の手段だった。無理に試して、中のものが壊れては、もとも子もないからな……」

大黒天は、受け取った鍵を、鍵穴に差し込み、回した。

かちゃり、
という音がした。

扉が、向こう側へ開いた。

血で濡れた手を眺めながら、

「血が出すぎだ……」

大黒天がつぶやいた。

「武蔵は、こんなにはいらぬと言うだろうよ――」

「武蔵？」

吉右衛門が言う。

「武蔵が血を舐めるのは、ＤＮＡをチェックするためだ。天海の――つまり、雨宮家の人間の血をひく者かどうか、それで調べていたのだ。知らなかったか――」

答を待たずに、大黒天は、先に足を踏み出していた。

それに、吉右衛門、十三が続いた。

三人が、ゆっくりと、中へ入ってゆく。

その後方から、時空船がついてくる。

三人が足を止めた。

三人の後方に立つ時空船——大蜘蛛の両眼の灯りが、それを照らし出していた。

十三が、息を呑み、

「む、むううう」

呻いた。

「これが、我らの捜していた天海の秘宝だ」

大黒天が言った。

「こ、これは、何じゃ」

「天狗船じゃ。天駆(あま)ける船だ」

吉右衛門が言った。

三人の眼の前に、静かに横たわり、時空船の灯りに照らし出されているもの。

それは、宇宙船であった。

にいいいいいいい……

吉右衛門の懐で、悟空が鳴いた。

巻の十六　大団円

一

石段を駆け下りてくる十三に、最初に気づいたのは、甚太郎であった。

「誰かくる」

そう言って、甚太郎は、石段の上を見あげたのである。

「半刻じゃ、半刻しかないぞ……」

声が聴こえた。

十三の声であった。

その声と共に、石段下の篝火の灯りの中に、十三が駆け下りてきたのである。

「どうなされた、十三殿――」

赤井忠晶が、さっそく駆け寄ってきた。

「赤井様、急ぎ、この場を離れるよう、皆に指示を――」

「何かあるのか」

「細かい話は、後でござります。今は、まず、この場を離れることです」

「ど、どのくらい!?」

「少なくとも、そこの門から、三十間、いや、四十間ほどは離れるようにと――」

「何故じゃ」

「この当麻山が崩れます」

「な、なんと――」

「捕り方だけではありません。見物の衆にも、離れるよう伝えねば――」

十三は、激しい声で言った。

そこへ、駆け寄ってきたのは、千代であった。

「吉右衛門様は!?」

「無事じゃ」

「今、何をしているのです。当麻山が崩れるとは、どういうことでござりますか」

「わたしにも、詳しいことはわかりません。しかし、吉右衛門さんがこれからなそうとしていることは、そなたを救うことです」

「わたしを?」

「この江戸を、いや、世界を――」

十三は、千代の肩に手を置き、

「さあ、ここを離れて。幸いにも、当麻山の周囲に民家はありません。いずれも、林か畑です」

一刻も早くこの場から離れるよううながした。

「ゆこう」

「は、はい」

すでに、ぞろぞろと、捕り方たちが門をくぐって外へ出はじめている。

十三、千代、甚太郎、銕三郎（てつさぶろう）、千吉たちも、門をくぐって、畑へ出た。

四十間ほど離れた畑の畦（あぜ）に立って、十三たちは、当麻山を見あげた。

満天の星であった。

その星の海の中に、箒星（ほうきぼし）が、長く尾を引いて天を横ぎっている。

「でえじょうぶかなあ、法螺右衛門（ほらえもん）……」

甚太郎が、つぶやく。

その甚太郎の手を、無言で千代が強く握ってきた。

やがて――

十三が石段を駆け下りてきてから、半刻ほどもたったかと思える頃――

「な、なんだい、こりゃあ」

甚太郎が言った。

皆が、足の下に踏んでいる地面が、細かく震動しているのである。しかも、その震動は、少しずつ大きくなってくる。

「地震じゃ！」

捕り方の誰かが叫んだ。

激しい揺れではない。

小刻みな揺れだ。

「く、崩れてる！」

甚太郎が指差した。

夜空を、くっきりと遮(さえぎ)っていた当麻山の頂のかたちが、ゆっくりと変形しつつあった。

当麻山の表面を覆っていた森が、滑り出している。

森が、山肌をじわじわと滑り落ちてゆくのがわかる。

頂が、ふいに、凹(くぼ)むが如(ごと)くに低くなった。

どうっと、大量の土砂が、斜面を下って、山門を呑み込んでいた。

十三や、捕り方たちが、思わず後方に退(さ)がった。

土埃(つちぼこり)があがった。

その土埃が、当麻山を包んで隠した。

と――

その土埃の中から、しずしずと月光の中に浮きあがってくるものがあった。

月光を受けて、青く、銀色に光るもの。

家、二、三軒分の大きさはあろうかと思われる、楕円形(だえん)をしたもの。

それが、何に似ているかと言えば、何にも似ていない。

強いて言うなら、帆のない船に似ているかもしれなかった。

ゆっくりと、その船が、天に浮かんでゆく。

「天空船じゃ……」

十三がつぶやく。

「違わい、天狗船じゃ。ありゃあ、天狗船じゃ……」

甚太郎が言った。

さらなる天の高みに向かって、船が浮きあがってゆく。

星の海の中に、天空船が浮いた。

「ちくしょうめ、法螺右衛門のやつ、嘘(うそ)つきやがってよう」

甚太郎が言った。

「嘘？」

千代が訊く。

「天狗船を造ったら、おいらを乗せてくれるって言ってたんだ、法螺右衛門のやつ。それなのに、勝手においらをおいて、行っちまうつもりなんだ……」

甚太郎の眼に、涙が浮かんでいる。

天空船の、下部が、明るくなってゆく。

そこが、発熱しているように、光り出している。

それが、肉眼で見つめてはいられないほど明るくなって、ふいに、船の上昇する速度があがった。

天空船が、本格的に天に向かって上昇しはじめたのである。

みるみるうちに、その速度があがって、天空船が小さくなってゆく。

星の天に、その船体が消えた。

船体が見えなくなっても、しばらくは発光する部分の光が見えていたが、やがて、その光も小さくなり、空の星にまぎれて見えなくなっていた。

「法螺右衛門……」

甚太郎は、泣きながら、その名をつぶやいた。

「死ぬなよ、死ぬんじゃねえぞ、法螺右衛門よう……」

二

横手の窓全体に、青い地球が見えている。

その表面に、幾つもの雲海が浮き、太平洋上には、台風が作った雲の渦も見ることができた。

その地球が、だんだんと小さくなってゆく。

前方の窓の向こうに、白鳥座の嘴、アルビレオの先から、太陽とは反対の方角に、長く尾を伸ばしている彗星が見えている。

大黒星、シヴァである。

「大丈夫だ。あとは、独覚制御システムが船をシヴァまで運んでくれる……」

腹を押さえながら言ったのは、大黒天であった。

「わかっている」

うなずいたのは、吉右衛門である。

ふたりとも、座席にベルトで身体を固定している。

船内の治療器具で、大黒天の腹の傷は、すでに止血され、その傷口も縫われている。

食料と水は、充分な量が時空船に積んであり、天空船に持ち込んであった。

その水を、吉右衛門も大黒天も、しばらく前に飲んでいる。

やらねばならぬことをひと通りやり終えて、今、ふたりはようやく落ちついたところであった。

「おい、法螺右衛門――」

そう言ったのは、大黒天である。

大黒天が、自分と同じ名を持つ吉右衛門を呼ぶ時に、甚太郎がつけた法螺右衛門というあだなを口にするようになったのは、船に乗り込んでからであった。

「なんだ」

「おまえのきっかけは、何だったのだ」

「きっかけ?」

「江戸時代にやってきたきっかけだよ。まだ、それを聞いていなかったのでな、それで訊ねたのだ」

「予言書だ」

「『大黒誌・巻ノ二』だな」

「そうだ」

「雨宮家には、代々『大黒誌・巻ノ一』と『大黒誌・巻ノ二』なる予言書が伝えられていた。おれが承知していることだ、おまえも承知しているだろう、法螺右衛門」

「うむ」

「我らの時代まで残されていたのは『大黒誌・巻ノ二』のみ。『大黒誌・巻ノ一』は、今我らのいるこの時代、安永年間が終って破棄されたということだろうな」

大黒天が言った。

「そういうことであろう」

吉右衛門がうなずく。

「破棄された『大黒誌・巻ノ一』に、何が書かれていたかは、想像がつく」

「おそらく、合い言葉だろう。今は、『大黒問答』の完本を読んでいるので、それを言える。『大黒星は滅びの色』、その言葉を口にする者が現われた時、その者に大黒天の割り符を与えよ。安永年間が終っても、まだその者が現われぬ時は、この『大黒誌・巻ノ一』を焼き捨てよ——そんなところであろう」

「うむ」

「我が雨宮家には、家訓があった……」

「光寿三年大黒星現わる時大黒割りてその言うことを聴くべし。くれぐれもこれを違うべからず。くれぐれもこれを守るべし」

「そうだ」

「光寿三年——今から二百七十年後、西暦二〇四三年、おれたちの時代だな」

「ああ」

「大黒を割る、この意味は、すぐにわかったろう」

「わかった。割ったら、中から『大黒誌・巻ノ二』が出てきた……」

吉右衛門は言った。

三

光寿三年（二〇四三）――

その年の一月初めに、インドの天文学者が、これまでに記録されたことのない新しい彗星を発見した。

すぐに、その軌道が計算されたところ、驚くべき結果が出た。なんと、その彗星は、およそ七カ月後の七月二十一日に、地球と衝突するということがわかったのである。

その中心の核は、歪な楕円形をしており、長い部分で、およそ十五キロメートル。推定される重さが、およそ千五百三十八万六千トン。六千五百万年前に、メキシコのユカタン半島沖に落ちて、恐竜をはじめとする生物の大絶滅をひき起こしたといわれている隕石よりも、遙かに大きい。直径百メートルの小惑星が衝突しても、関東平野は壊滅するのだ。

その衝撃のインパクトは想像を超える。

この衝突によって、何がおこるか。

ただ、ものとものがぶつかるというだけのことではない。ぶつかった瞬間に、想像を超えた爆発がおこる。

そのインパクトによって、地殻がめくれあがる。マントルの上に浮いた地殻が、めくれて、それが波となって走る。地殻津波がおきて、それが、全地球表面を駆け抜けるのである。さらに、衝突の衝撃波と熱波が、地球上を何周もする。これで、まず、地球上のほとんどの生命が死に絶える。万が一、生き残った生物がいても、爆発で空に昇った塵（ちり）が、四年から六年、地球の大気圏に残り、それが太陽光を遮って、地球上に六年続く寒冷期がやってくるため、死に絶えることになる。

わずかの微生物が、深海で生き残り、次の進化に向かって生命を繋（つな）いでゆくことになろうが、人類が生き残ることはない。

彗星の核を、核ミサイルで攻撃しても、まず、結果は変わらない。もし、運よく核で彗星の核を幾つかに分解できたとしても、その分かれたかけらのほとんどは地球に落ちてくることになるから、同じ結果があるだけとなる。

二〇四三年――

まだ、火星のテラフォーミングはなされておらず、アメリカがわずかに基地をひとつ持って、そこに三人の人間――男が生活しているだけだ。

地球からの補給をたたれたら、それで、この三人は死亡する。うまく生き残る手段を考えても、いずれも男であり、彼らの寿命が尽きれば、それが、人類の死となる。

月に、アメリカ、中国、ロシア、インドなどの幾つかの基地はあるが、これも運命は同様だ。地球から物資の補給がない月面基地に住む人間は、地球に住む人間より、ほんの数年、長く生きることができるだけだ。

地球の衛星軌道を回る宇宙ステーションが幾つかあり、そこに居住する者は、特権として地球の滅びを宇宙空間から眺めることはできるだろうが、そこの住人にしても、月面基地に住む者よりどれだけ長く生きることができるであろうか。

人類が、生き残る方法は、存在しなかったのである。

四

雨宮吉右衛門は、月面開発局に勤務していた。

主に、衛星軌道を回る宇宙ステーション〝飛鳥（アスカ）〟から月面基地まで物資を運ぶ宇宙船の操縦士だった。

三十歳で、独身。

女はいなかった。一年のうち半分以上を、無重力下で暮らす人間に、女ができることは稀(まれ)だ。

ペットにしている猫型ロボットの悟空が、唯一、生活を共にしている相手である。犬型ロボットも幾つかタイプがあるが、吉右衛門の好みは猫であった。

両親は、五年前に、一緒に交通事故で死亡していた。

雨宮家の最後のひとりといっていい。

地球最後の日がやってくるのがわかって、ひとりというのが、吉右衛門にはかえって気楽だった。気楽であったが、逆に、地球最後の時に、一緒に過ごす相手のいないことが、淋(さび)しくもあった。

いつも使用している宇宙船、SS・麗Ⅱ号で、シヴァまで飛んでゆき、映像を撮って、それを地球に転送するのが最後の仕事になる予定であったのだが、帰りはシヴァと一緒であり、先に帰っても、その後すぐにシヴァが落ちてくる。遅れて帰れば、シヴァが地球を破壊した後であり、どちらにしても楽しい未来があるわけではない。

吉右衛門は、それを断って、仕事をやめ、地球に帰還して、実家にもどってきたのである。

気になっていたことが、ひとつあった。

それが、雨宮家の家訓であったのである。

その家訓のことを、吉右衛門が思い出したのは、宇宙にいる時であった。

吉右衛門が〝飛鳥〟にいる時、この彗星の名前が、発表されたのである。

インドの人間が発見したことから、インドのヒンドゥー教の神、シヴァと、この彗星は呼ばれることとなった。シヴァは、破壊と創造の神であり、漢字で表記する時は、大暗黒と書かれることが多い。日本人になじみ深い名で言えば、大黒天である。

それで、日本人の中には、この彗星のことを大黒星と呼ぶ者もいたのである。

それを知ったのは、つまり、吉右衛門が宇宙空間にいた時だったのである。そうして、ようやく、吉右衛門は、家訓のことを思い出したのであった。

江戸時代から伝えられている家訓——それを書いた者が、どうして、光寿三年に大黒星が地球にぶつかるということを知っていたのだろうか。

様々な疑問はあったが、せめて、シヴァが地球にぶつかる前に、家訓のことを試してみようと思い、仕事をやめて地球にもどったのである。

開発局も、意外にすんなりそれを許してくれた。

大黒割りて——

家訓にあるこの言葉の意味は、吉右衛門はすでに気がついていた。

家の裏手の丘の上に、これも江戸時代に建てられたという、大黒堂と呼ばれる建物があり、そこに一体の大黒天が祀られていることを、吉右衛門は知っていた。

家にもどり、大黒堂に入った。

堂の中央にある段の上に、大黒天の像があった。

それを、台座の上から下に落とすと、たやすくその木像が割れて、中から『大黒誌・巻ノ二』が出てきた。

筆で書かれていたが、字そのものは、現代の漢字やかなが、現代の表記で書かれていたため、簡単に読むことができた。

そこに書かれていたのは、

「『大黒誌・巻ノ一』はすでになし。この『大黒誌・巻ノ二』を読み、すみやかに書かれている通りに事をなすべし。この地球を救うべし。台座の下に穴あり。これをくぐりて、段を下れば、そこに『大黒問答』あり。これを読みて、その通りに事をなすべし。ゆめゆめ、これを疑うことなかれ」

ということであった。

地球を救うべしというのは、当然、今迫りつつあるシヴァから地球を守れということであろう。

しかし、どうして、これを書いた江戸時代の人間が、この大黒星シヴァのことを知っていたのか。

考えるよりは、試してみることだと思い、台座を調べたら、台の後方の板がはずれるようになっていた。そこをくぐって、台座の下へゆくと、床に、何かの金輪(かなわ)のようなものがあった。

その金輪を摑んで持ちあげると、板が開いて、そこに石段が見えていた。

蠟燭までが、その石段の上に用意されていた。

ライターで、その蠟燭に火を点け、吉右衛門はその石段を下っていった。

下ってゆくと、唐櫃があり、甲冑武者の木乃伊があった。

そこで見つけたのが『大黒問答』であった。

『大黒問答』を読んでいると、壁の石から金の輪がぶら下がっているのが見えた。その金輪を摑んで引いた。

ごりっ、

と音がして、石が動いた。

そこで、吉右衛門は、部屋がさきほどより明るくなっていることに気づいたのである。

ふり返ってみたら、唐櫃の上に置いた『大黒問答』の上に、立てておいた蠟燭が倒れ、『大黒問答』が、燃え出していたのである。

あわてて火を消したのだが、すでに本の一部は焼けて、読めなくなっていた。

『大黒問答』の読める部分だけに、吉右衛門は眼を通した。

そこには、信じられぬことが書かれてあった。

それを確かめるには、次の部屋へ行ってみることだ。

吉右衛門は、金輪を摑んで引いてみた。

石が手前に落ちて、石のあった場所に、四角い穴が口をあけていた。

そこをくぐって、向こう側の石部屋に入ると、そこに、『大黒問答』に書かれている通りのものがあった。

それは、時空船——タイム・マシンであった。

過去へのみ行けて、未来へは行けぬと『大黒問答』には書かれてあった。

必要な物資を持ち、それで過去へゆき、地球を救えとある。

しかし、どうやって救うのか。

これが、『大黒問答』の言うように、本当に時空船なのか。タイム・マシンなのか。本物だったとして、どうすればいいのか。

いくら過去へゆき、どれだけ歴史を改変しようと、相手は宇宙からやってくるのである。地球の歴史をどれほど変えようと、シヴァにはどれほどの変化もない。シヴァは、間違いなく、二〇四三年にやってきて、地球へぶつかるのだ。

しかし、『大黒問答』には、自信をもって書かれている。

過去へゆけと。

着く時代も、もう決めてあると『大黒問答』は言う。

着いた先での生活必需品は、唐櫃の中に全て入っているとも、『大黒問答』には書かれていた。

さらに、時空船を動かす時には、いったん、横に空いている空間へ時空船を移動させ、その後に過去へゆけばよいともあった。時空船のあった場所からそのまま過去へゆくと、過去に着いた時点で、乗ってきた時空船と、それまでそこにあった時空船とが重なって、爆発してしまうだろうともあった。

爆発せぬまでも、重なりあった時空船は機能しなくなってしまうだろうと。

それで、書かれていた通り、時空船を横へ動かし、そして、時空船に乗って、吉右衛門は、江戸時代までやってきたのである。

着いたのは、一七六三年、宝暦十三年の江戸であった。

そこで、武蔵に血をとられ、遺伝子を調べられ、通ることを許されたのである。

しかし『大黒問答』の焼けてしまった所を読むことができなかったため、吉右衛門には幾つかの謎が残ったままとなった。時空船と、宇宙船を使って、地球を救うことができるという、その方法が書かれた所を、吉右衛門は読んでいなかったのである。

十年が過ぎた、安永二年夏――

そこへ、吉右衛門が過去に行ったことから生じた新しい未来からもうひとりの雨宮吉右衛門がやってきて、江戸の町で、大黒天をなのったのである。

「おれは、おまえの読んでいなかった『大黒問答』の一部を、読んでいたというわけなのだ」

と、大黒天は吉右衛門に言った。

五

『大黒問答』は、十一年前、吉右衛門が江戸にやってくる一年前に雨宮十郎太が持ち出し、その後に父である十郎兵衛の手によってもどされている。

その時に、『大黒問答』が最初に置かれていた場所から、少しその位置がずれたのであろう。そのため、吉右衛門によって改変された未来の吉右衛門である大黒天が、『大黒問答』を地下で手にする時の身体の位置が自然にずれ、それが、最終的に、読みかけの『大黒問答』をもどした時の位置のずれとなり、炎で焼けて読めなくなる場所のずれとなったのだ。そのため、『大黒問答』で、吉右衛門が読んでいない所と、大黒天が読んでいない所とが違ってしまったのである。

そのため、吉右衛門は、大黒星の軌道を変化させる方法を知らずに江戸へやってくることになり、大黒天は、それを知って——つまり、地球を救うために、江戸時代へやってくることとなったのである。

「おれが、おまえの存在を知った時には、もう、時間がなかった。おれは、おれの計画をすすめるしかなかったのだ」

大黒天は言った。

「しかし、どうして、おれとおまえのやってくる時間に、十年のずれが生じたのだ？」

吉右衛門は言った。

「おまえが江戸にやってきた時に、もう一台の時空船があったわけだろう」

「うむ」

吉右衛門はうなずいた。

「その時、もう一台の時空船に、何かしなかったか」

「した」

吉右衛門は、初めて江戸にやってきた時もう一台の——つまり、吉右衛門が、過去にやってきたことによって改変された未来において大黒天が使用するはずであった時空船に乗り込んで、中の計器を色いろといじっている。

「全て、もとにもどしたつもりでいたが、完全にはもどせていなかったということだろう」

「だろうな」

話をしている間にも、天空船は宇宙の中を進み続けている。

「わからないことがある」

吉右衛門は、大黒天に問うた。

「なんだ」

「夜叉丸が、通行人から饅頭を盗んだな――」

「あれは、おれのために、勝手に夜叉丸が、饅頭を盗んだのだ。やつは、おれが甘いものが好きだとわかっていたからな。おまえもわかっているはずだ」

「髪結いの新三郎の後を、犬がくっついていたのは？」

「この天空船を掘り出すのに、手が必要だった。手助けしてもらうのに、手頃な連中を捜していたら、くさめの平吉というのに出会った……」

「どうやって？」

「金が必要だったのでな、博打場で、夜叉丸に金を盗ませた。あの時、平吉がそこにいたのさ。かなりの金を持っているのが臭いでわかったのでな。夜叉丸に後をつけさせて調べていたら、不知火ってえ盗賊の一味だというのがわかった。それで、連中のことを調べあげ、盗めの日をねらって、やつらを全員仲間にしたのだ。源蔵というのが抜けようとしたのが誤算だったがな」

「どうやって仲間にした」

「武蔵だ」

「武蔵？」

「おれが、江戸へやってきた時、もう、武蔵はほとんど動けなくなっていた。まだ、かろうじて脳は生きていたがな。それを、なおしてやったのだ。最初のうちは、調子が悪く、外へ出歩いては辻斬りのようなことをやっていたがな。無外流の梅川一心斎というのと闘った時に、武蔵の剣が使いものにならなくなった。鞘の中で折れていた。それで、新しい剣を夜叉丸に調達させたりしたがな。おれもその剣を腰に差したことがあったが、なかなかの剛剣だ。まあその話はおいておこう。話をもどせば、その武蔵を使うたのだ。武蔵に、あの中で一番手強そうな、蝸牛というのと闘わせた――」

「どうだったのだ?」

「武蔵が、蝸牛の剣を全て見切って、蝸牛の剣をはじきとばした。この時、武蔵に落雷して、少々具合が悪くなったがおれがなおした。ともあれ、まずは力でやつらを制圧して、次には、天海僧正のお宝の話をしてやった。それに、おもしろそうだと、源蔵が乗り気になった。もっとも、途中で、びびって抜けたがな。しかし、やつらも、まさか、そのお宝がこの宇宙船SS・麗Ⅱ号だとは思わなかったろう」

「話を整理しておきたい。まず、一番初めに時空船を見つけ、過去へやってきたというのが、天海ということでよいのだな」

「未来の光寿三年、二〇四三年の雨宮吉右衛門ということだ。その最初の雨宮吉右衛門が、どういういきさつで生まれたのかまではわからない。『大黒問答』には、それが書かれていないからな」

「とにかく、その雨宮吉右衛門は、やはり宇宙船SS・麗Ⅱ号の操縦士で、彼は、大黒星の映像を撮りにゆくのをおれたちのように断らずに行ったのだろう」

「そこで、彼は、宇宙空間に漂う時空船を見つけ、天空船に収容した。そこで、時空船をいじっていたら、ふいに航時機が作動して、過去へ——戦国時代へと天空船ごと時空移動、つまり転時してしまったというわけだ。この時、地球へ還るために、燃料のほとんどを使ってしまった。そこで、最初の吉右衛門は天海を名のり、このような計画を描いたということだな」

「未来から、天空船の燃料を運ばせて、安永二年の夏に、大黒星が地球に近づいた時、そこまで飛んでいって、これを処理させようと考えたということだろう」

「天海となった最初の雨宮吉右衛門、これを初代吉右衛門として、法螺右衛門よ、おまえが二代吉右衛門、おれが三代吉右衛門とするなら、まず、初代吉右衛門がいる時空Aがあって、その初代吉右衛門が、過去へゆくことによって改変された時空Bが生じた——」

「その時空Bに生まれた二代目のおれが、天海の用意した時空船で過去へ行き、そこで、時空Cが生じた。時空Cに生まれた三代目のおまえが過去へやってきて、今、時空Dが生じて、おれたちは今、時空Dにいるというわけだ」

「ややこしい話だが、そうだ」

「それで、この時代に、三台の時空船があるというわけだな」

「うむ」

「今、この船に積んである時空船が、一番最初のものなのか？」

「ああ」

「だが、不思議なのは、この時空船を一番初めに誰が、いつ、どの時空で作って、それがこの我らのいる時空系へどうやってまぎれ込んできたのかということだ……」

「そこから先は、もう、おれの手に余る。この宇宙が何故存在するのか、生命が何故存在するのか、そういうレベルの話に近いものになってしまう」

「そうだな」

吉右衛門はうなずいた。

「いつか、その謎を、おまえが解け、法螺右衛門――」

「おれが？」

「そうだ。生き残るのは、おまえだからな、法螺右衛門……」

「なに!?」

「最後のところは、おれがやる……」

ついに、大黒天が、これまでの会話で触れなかったことを口にした。

「おまえが……」

「わかっているだろう。最後のところは、おれか、おまえか、どちらかが時空船に乗り込んで、やらねばならない。やるとするなら、おれしかない」

きっぱりと、大黒天は言った。

大黒天は、小さく笑ったようであった。

「おれは、腹をやられている。おそらくは、助かるまい。痛みこそ、今はおさえられているが、いずれ死ぬ……」

「いや、この船の治療技術は、並の医者より確かだ。死ぬことはあるまい」

「だが、おまえには、女がいるではないか」

大黒天は、笑った。

吉右衛門の脳裡に、千代の顔が浮かんだ。

「どうだ、もう、抱いたのか」

「――――」

「まだだろう」

「ああ」

「だろうと思った。おまえの――つまり、おれのことだから、よくわかる」

「いや、おれとおまえとでは、多少好みに差がある」

「何のことだ」

「光寿三年で、おれは猫型のアニマロイドをペットにして、おまえは犬型のアニマロイドをペットにしていたのだろう」

「夜叉丸のことか――」

「ああ」

「ペットのことじゃない。話をそらすな。女のことだ」

「――」

「法螺右衛門よ、つまらぬことだぞ」

「何がつまらぬのだ」

「へんな意地を張ることはない。人と人が出会うのは一瞬のことだ。あの晩言うたは、本当のことだ」

「あの晩？」

「ここで、女を娶(めと)り、子をなせ、幸せに生きよと言うたではないか」

「――」

「あれは、本気だ。おれは、はじめから、死ぬ覚悟で来た。おまえは、『大黒問答』の、大黒星をどう回避するかの所を読んでいないから、死ぬつもりで来たわけではあるまい――」

「――」

「それでよい。このために、おれは急いだ。それで、人が何人も死んでいる。死ぬのはおれでよい――」

大黒天が、窓の向こうに眼をやった。

大黒星の巨大な尾が遠くに見え、その手前に大きさを増した月が見えている。

江戸の人間が、誰も見たことのない光景であった。

六

ふっと身体が軽くなった。

天空船が、減速しはじめたからであった。

ＳＳ・麗Ⅱ号は、すでに、大黒星と等速運動に入っていた。

同じ距離を保ちながら、同じ速度で、同じ方向に向かって移動している。

その距離、千五百メートル。

太陽からの距離は、七千五百万キロメートル――すでに金星の公転軌道の内側に入っている。太陽の見かけ上の大きさは、約二倍になっていた。

金星の大きさは増しているが、地球は、すでに他の星とほとんど区別がつかない大きさになってしまった。ただの明るい青い点になっている。

肉眼で、太陽を直接見れば、網膜が焼けてしまう。常に、太陽の側の窓は閉じられている。

金星でさえ、太陽の熱のため、その大気の温度は、木材が自然発火する温度を越えている。もっとも、金星の大気には酸素がないため、木材は自然発火することはないが、SS・麗Ⅱ号は、金星より太陽に近い場所を、さらに太陽に近づくように移動しているのである。

窓の向こうに見えているのは、巨大な氷の塊であった。宇宙空間に浮いたヒマラヤ山脈——クンブヒマールの八千メートル峰三山、エヴェレスト、ローツェ、マカルーを重ね合わせたような大きさのものを、千五百メートルの距離から眺めているようなものだ。彗星の核、それは巨大な氷の塊であり、メタン、アンモニア、二酸化炭素などの揮発性物質が凍りついたものだ。その中に、岩石や鉄などの固体物質が混ざっている。

泥で汚れた雪だるまと形容されたりするが、太陽に近づいたそれは、決して〝汚れた雪だるま〟のようなものではなかった。

それは、激しく、眩しく、光り輝いていた。

コマと呼ばれるガス雲に包まれ、その内側で、ぐつぐつ、ぶつぶつと、ヒマラヤ山脈なみの氷の塊が、激しく沸騰しているのである。それは、煮えたつ氷の塊だ。

煮えた表面から、四方へ湧き出したガスが、太陽風によって、太陽の反対側へ吹き飛ばされている。

太陽風――光の圧力だ。

この光の圧力と、太陽の磁場の作用によって、コマの中の電気を帯びたイオンや電子が、突風に巻きあげられた砂塵（さじん）の如く、飛ばされるのである。

これが、彗星の尾だ。

その尾は、青く輝くイオンテイルと、赤みを帯びた黄色に輝くダストテイルからできている。

圧倒的な眺めであった。

「見ろよ、法螺右衛門、凄い眺めじゃないか……」

大黒天が言った。

当麻山から飛びたって、すでに一カ月近くが過ぎていた。

座席に、ベルトで身体を固定された状態で、ふたりは窓の外へ眼をやっている。

「ああ……」

うなずいた吉右衛門も、その光景に眼を奪われている。

核――といっても、それは真円をしているわけではない。

長さ、およそ十五キロメートル。

径がおよそ八キロメートルで、楕円形をしており、中央部がくびれている。ピーナッツの殻のようなかたちと言っていい。

それを、吉右衛門と大黒天は、椅子に座って眺めている。

大黒天は、ジーンズにTシャツ姿だ。

吉右衛門は、小袖で半袴——この船に乗った時と同じものを身につけている。吉右衛門の腰には、小刀が差してある。江戸の暮らしが長く、自然に腰のものを身につける習慣が染みついてしまったのだ。

大刀は、蝸牛と闘った時、そのままその場へ置きっ放しになっている。

宙に、浮いているのは藍色の表紙の『大黒問答』だ。もうひとつ、宙に浮いているものがある。悟空だ。

毛皮はぼろぼろで、金属部分がむき出しになっており、ほとんど動くことができない。

船内の器具と機械を使って、眼だけは簡単な修理が済んでいるので、金緑色の右眼と金青色の左眼は、もう元にもどっている。

しかし、この無重力空間では、動くのに大きな力は必要がない。

もう少し時間があれば、完全に直すこともできたのだが、吉右衛門は、もうひとりの自分自身、大黒天との会話に多くの時間をとられてしまったのである。

今、ふたりは、窓の向こうに見える、大黒星の圧倒的な姿を眺めている。

「もう、時間があまりない」

大黒天が言った。

大黒天は、窓の向こうにやっていた視線を、

「この大黒星が、太陽に最接近するのは、十二時間後だ。それまでに、やらねばならない
——」

そう言ってから吉右衛門に向けた。

「籤(くじ)じゃ」

吉右衛門は言った。

「籤で決めよう」

吉右衛門は、大黒天を見やった。

視線がぶつかった。

「何のことじゃ」

大黒天が言う。

「時空船に誰が乗るかというのは、籤で決めようと、そう言っている」

「誰も何も、おれとおまえしかいないではないか」

「だから、おれとおまえのどちらが乗るか、それを籤で決めようと言っているのだ」

「馬鹿だな、おまえ。おれが乗ると言っているのに……」

「馬鹿でいい」

吉右衛門は言った。

「何でもいいが、早く決めねばならん」

「わかっている」

「おれが、籤を作ろう」

「どういう籤だ」

「シンプルなやつだ」

大黒天は、宙に浮いている『大黒問答』に右手を伸ばし、それを手にとった。

「これも、もう必要がないからな」

大黒天は、袋閉じになっている頁を引き破り、それから、二片を切り裂いた。それを指でよって、二本のこよりを作った。

そのこよりを、吉右衛門から見えぬよう、自分の身体の陰に隠した。

「さあ、これだ」

大黒天が、拳に握った右手を突き出してきた。

その拳から、二本のこよりが突き出ている。

「二本のうちの一本だけ、その先が結んである。それを引いた者が、当りだ」

「結んであるのを引きあてた者が、時空船に乗るということだな」

「そうだ。おまえが最初に引け。残った方がおれだ」

「わかった」

吉右衛門は、大黒天が突き出してきている拳を見やった。

どちらでもいい。

覚悟はして、この宇宙船に乗ったのだ。

船でここまで来る途中で、大黒天が死んだら、それをやるのは自分だと覚悟していたのである。

ここで、どちらを引くかと迷うことの意味はない。

どちらでもいいのだ。

千代の顔が浮かんだ。

千代は、哀（かな）しそうな顔をしていた。

〝すまぬ、千代……〟

心の中でつぶやき、吉右衛門は右手を伸ばし、一本のこよりをつまんだ。

「それでいいのか」

大黒天が言った。

「いい」

吉右衛門は引いた。

先は結ばれていなかった。

「当りはおれだったな」

大黒天が右手を開いた。

その右手の中にあったのは、先が結ばれていることよりだった。

たいした準備はいらなかった。

ただ、乗り込むだけだ。

やることは、互いにわかっている。

時空船の開いた扉の前で、吉右衛門は大黒天と向きあった。互いに宙に浮いている。お互いの両足は、それぞれ別方向に向いているが、顔は向きあっている。

「おもしろかったぜ……」

大黒天は言った。

「自分自身と話ができた人間なんて、そうはいないからな」

大黒天が、右手を伸ばしてきた。

吉右衛門も、右手を伸ばした。

握りあった。

その時、吉右衛門の右手が、思いがけなく強い力で握られてきた。

「む!?」

吉右衛門が、手を引こうとした時には、掌にちくりと微かな痛みが疾った。

「お、おまえ」

「悪いな。麻酔だ。医務室にちょうどいいものがあったんでね」

大黒天が笑った。

吉右衛門は、左手で小刀の柄を握り、引き抜いた。

しかし、覚えているのはそこまでだった。

大黒天の笑みが、急速に薄れ、意識を暗黒が包んでいた。

七

気がついた時、吉右衛門は、時空船の座席に座らせられていた。

身動きしようとしたが、動けない。

身体がベルトで固定されていた。

「医務室には、いろんな便利なものがあってね……」

声がした。

横に大黒天が浮いていた。

「拘束衣(こうそくい)のベルトさ」

大黒天は言った。

「知ってるだろう。宇宙船の中では色々なことが起こる。たとえば、宇宙で精神をおかしくしてしまう者なんかが、時おり出たりする。そういう人間が、やばいことをしないように拘束しなくちゃいけない――」

言われなくても、吉右衛門にはそのくらいわかっている。

これは、自分の乗っていた船なのだ。

「そのベルトで、座席に固定した。ベルトをはずすには、ロックを解除しなくてはいけない。それには、おれが設定した五ケタの暗証番号を押さなければならない」

もちろん、それもわかっている。

腹のあたりを押さえているベルトに、そのパネルがある。

でたらめにパネルの数字を押していって、その五ケタの暗証番号にぶつかる可能性はどのくらいあるのか。考えたくもないことであった。

「おれをどうにかして、おれから暗証番号を訊き出そうとしても無駄だぜ。おれは、画面を見ないで、でたらめに番号をセットしたんだからな」

「前から準備していたのか」

「そうだ」

大黒天はうなずいた。

「気づかなかった」

「おまえが、おれを治療した後、その猫の眼を直している間にやったのさ」

見れば、吉右衛門の前に、悟空が浮いている。

「その猫、悟空だったたっけ。おまえが淋しいだろうから、一緒に乗せてやることにしたんだ……」

悟空が、吉右衛門を見て、
にいい……

と、鳴いた。

「初めから、こうするつもりだったのか」

「いいや。最初は、おれは本気で、自分が、おまえがこれからやる仕事をやるつもりでいたのだ。だが、気がかわった」

「何故だ」

「あの時は、おれは自分が死ぬと思っていた。おまえだって、そう思っていたろう。しかし、この船の医療システムが、おれたちが考えていたより優秀だったってわけだ……」

「――」

「おれは、死なない。運と言っていいかどうか、おれとおまえの血液型が同じだったことも、いい方へ作用した。なにしろ本人の血だからな」

「――」

「死なないとわかってみれば、違う考え方もあるってことだ。なにも、この作業はおれがやらなくてもいいってな……」

その通りだった。

「おれが、おまえを、ここから大黒星に向かって送り出す。おまえは、予定通りのことをやる。それで、未来の地球は助かるってわけだ――」

「おれが、それをやらないとしたら？」

「やるさ」

あっさりと大黒天は言った。

「もし、仮に、やらなくたって、それはそれでいい。おれは、地球に帰って、おれの寿命分だけを、江戸で生きる。おまえになりすましてな。それもなかなかいい生き方だろう？」

「なに!?」

「安心しろ。千代の面倒は、おれがみてやる。おまえのやりたかったことを、おまえにかわってやってやる。千代を抱いて、あの女を幸せにしてやる」

吉右衛門の喉から、くぐもった声があがった。

「ひどい奴だなんていうなよ。おれは、おまえ自身でもあるんだからな。おれが、こうしたということは、おまえだって、おれの立場になれば、こうしたということだからな。わかっていると思うが、おれが平気でこれをやっているとは思わないでくれ。心が痛んでいる。それは本当のことだ……」

大黒天は、悟空を見やった。

さっきから、煩く悟空が鳴いているからだ。

「猫を抱いてやれ。おまえのところへ行きたがっているようだからな」

無重力下の船内にあっては、どこかに触れないと、移動ができない。このままでは、ずっと、悟空は宙に浮いたままだ。

吉右衛門は、悟空を引き寄せ、抱いた。

それでも、悟空は鳴きやまなかった。

「この時空船は、四百八十七年前に行くようにおれがセットしておいた」

大黒天は言った。

「それが何を意味するかわかるか」

「意味？」

「おれが、謎を解いたということだ」

「謎？」

「おれたちが、時空Aと呼んでいた時系列に生まれたおれたちの生みの親、初代吉右衛門天海のことだ」

言われて、

　そうか、そういうことだったのか。

　この時空船に乗って仕事をすれば、この時空船は、四百八十七年前の過去へゆくということだ。それは一二八六年――初代吉右衛門がやってきた過去、一五五六年よりさらに過去だ。

　つまり、この時空船は、まだ、初代吉右衛門、天海によって改変される前の時系列である時空Aにもどることになる。

　そして、この時空船は宇宙を漂い、未来の光寿三年、つまり二〇四三年に、初代吉右衛門によって、宇宙空間で発見されることになるのだ。

　正確に言うなら、自分と大黒天が時空Aと呼んでいたものは、この時空Dから過去へと行ったこの時空船によって、時空Aが改変された時空A′とでも呼ぶべきものだったのだ。

　大黒星を撮影して、帰還する途中で、初代吉右衛門は、この時空船を発見する。それを船内に入れて、初代吉右衛門が装置をいじっている間に、時航機が発動する。そして、二〇四三年から四百八十七年前――一五五六年に、宇宙船ごと転時してしまう……。

　そういうことだったのか。

「もう、時間がない」

大黒天は言った。

「行かせてもらうよ。時空船の扉は、これが大黒星に向かって押し出される前に自分で閉めてくれ。さもないと、あんたは英雄にもなりそこねてしまうだろう」

大黒天は、吉右衛門をしばらく見つめてから、

「じゃ、行くよ」

座席を手で押して、背を向けていた。

大黒天が、足で座席を蹴って、宙を移動し、時空船の外へ出てゆく。

吉右衛門の腕の中で、激しく悟空が鳴いていた。

そして、その時——

吉右衛門は、悟空の鳴く意味を、ようやく理解していたのである。

八

左右に開いた扉から、ＳＳ・麗Ⅱ号の船内にもどろうとしていた大黒天の背へ、吉右衛門は、飛びついていた。

身体がもつれあった。

大黒天は、驚きの声をあげた。

「おまえ、ど、どうして――」

「悟空が教えてくれたんだよ」

悟空が鳴いていたのには、意味があったのだ。それで思い出したのは、甚太郎たちを集めて、よくやっていた遊びだ。

数を書いた紙を、吉右衛門からは見えぬように持たせ、その数を当てる遊びだ。

それを吉右衛門が当てると、皆驚く。

「どうしてわかっちまうのかなあ」

甚太郎はよくくやしがった。

これは、子供たちの後ろから悟空が札を見て、鳴き声で吉右衛門に数を教えていたのである。

「一」だったら「にい」と鳴く。

「二」だったら「にいい」と少し長く鳴く。

「三」だったら「にいいい」とさらに長く鳴く。

「四」は「なあ」と鳴いて、五だったら「なああ」、六だったら「なあああ」と鳴く。「七」は、「しい」と鳴いて、「八」だったら「しいい」、九だったら「しいいい」と鳴く。「〇」は「ちっ」と鳴く。

それで、悟空は、しきりと鳴きながら、吉右衛門にその暗証番号を教えようとしていたのである。

悟空は、大黒天が、暗証番号をセットする時、その番号を見ていたのだ。

「10913、だったよ」

右足を壁に当て、それを支点にして、拳で大黒天の顔を打ちながら、吉右衛門は言った。

大黒天は、同様に左足を支点にして打ち返してきた。

吉右衛門は、打たれながら、大黒天の身体の背後にまわって、頸を右腕でからめとった。

柔の技だ。十三から教えてもらった技のひとつだ。そんなに熱心に学んだわけではないが、無重力の中で、相手を極めるには役立つ技だった。きっちりと入った。

これは、こらえられない。

頸動脈が締めつけられて、脳に血が——つまり酸素が行かなくなって、意識がブラックアウトする。我慢のしようのない、耐えようのない技だ。

大黒天が、前の壁を両足でおもいきり蹴った。ふたりの身体が、ゆるく回転しながら、一方の壁から一方の壁に向かって飛んだ。

ちょうど一回転をして、大黒天が、背中から壁にぶつかった。

その瞬間——

「ぐもっ」

と、大黒天が喉の奥で呻いた。

大黒天の身体から、力が抜けてゆくのがわかった。

「あ、む、ぐむむ……」

呻きながら、宙で、大黒天が自分の背後に右手を伸ばした。

その指先が触れたのは、刃物の刃であった。

吉右衛門は見ていた。

大黒天の背中の右側から、刃物が生えているのを。さっき、吉右衛門が抜いた小刀であった。

小刀は、吉右衛門の手を離れ、これまで、ずっと宙に浮いていたのである。ふたりの身体が、もつれあいながら一方の壁に向かって動いていた時、小刀は、その壁に浮いて、切先を、近づいてくるふたりの方へ、柄を壁の方に向けて浮いていたのだ。そこへ、ふたり分の体重を乗せて、大黒天の背がぶつかってきたのである。

小刀の切先は、大黒天の背へ潜り込み、深々と、肝臓までその刃を潜り込ませていたのだった。

九

太陽とは逆の方向に、ガスや塵(ちり)が、核から激しく流れ出ている。

千五百三十八万六千トン、富士のおよそ五倍ほどの質量を持った彗星の核。

その中央は、ややくびれ、そして、大小の穴が、無数に空いている。

その穴のひとつに向かって、今、時空船は移動している最中であった。

こういう計画だった。

時空船は、完全に密閉されていて、深海の圧力にも、宇宙空間の真空にも構造的に耐えられるようにできている。だから、上手に、天空船から時空船を外へ押し出してやれば、慣性の法則に従って、自然に時空船は核にたどりつくことができるのである。

たどりつけさえすれば、その八本ある脚を使って、核にその先を刺し込みながら、その表面を動くことができるのである。これは、自動操縦ではできない。ガスで細かい部分が見えないからである。

過去に、何度も小惑星などと衝突しているため、核の表面には、無数の窪みがあり、場所によっては深い穴が空いている。

『大黒問答』によれば、初代吉右衛門――天海は、それを確認している。

くびれ近くのそういう穴のひとつに、時空船で潜り込む。

潜り込んだ後、氷を溶かしながら、さらに核の中に潜り込んでゆく。これは遠隔操作もできない。穴が深くなるにつれて電波が届かなくなるからだ。しかし、ここで時航機の出力を最大にすれば、半径およそ八百メートル――直径にすれば、約千六百メートルのボール状の岩塊を切り取って、それを過去の宇宙空間に運ぶことができるのである。

大黒天は、それをやろうとしていたのである。

そうすれば、大黒星の質量が二割以上も小さくなる。すると、大黒星がこの後太陽に近づいた時に、太陽の引力の影響が、軽くなった分変化をする。それが、大黒星の軌道を変えるのだ。帰る時と、二百七十年後にもどってくる時に、さらに木星の重力の影響を受けて、また軌道に変化が起きる。

二百七十年間、宇宙を飛んでいる時にも、核は太陽の重力の影響を受け続けており、それによって、大黒星の軌道はより大きく変化をして、最終的に地球にぶつからないコースを通ることになるのである。運がよければ、太陽の潮汐力(ちょうせきりょく)で、核がふたつか、幾つかに割れるかもしれない。そうすれば、さらに大きく彗星の軌道が変わるはずだった。

これが、初代吉右衛門の天海が『大黒問答』に記したアイデアであり、それに乗ったのが、三代目吉右衛門である大黒天であったのである。

この箇所を含む何箇所かを、二代目吉右衛門が読んでいなかったのは、繰り返すがその部分が焼けてしまっていたからだ。

このアイデアを実行する役は結局、大黒天が受け持つこととなった。

吉右衛門の小刀で傷を受けた大黒天が、自らその役を志願したのである。

「おれがやるよ、吉右衛門……」

血を流しながら、大黒天は言った。

「もう傷はなおさなくていい。その時間もないし、なおって、また考えが変わったら、同じことがおこる……」

大黒天は、痛みをこらえながら微笑した。

「そのかわり、地球を救って英雄になるのは、このおれだからな……」

十

大黒天の乗った時空船が、穴の中に消え、しばらくしたところで、その穴から、ぎらりと太い光が宇宙に向けて迸（ほとばし）った。

それだけだった。

大黒天は約束を守ったのだ。

吉右衛門には、わかっていた。

時空船と、時空船が切り取った岩と氷の塊は、時空の彼方（かなた）、過去へ行ってしまったのだ。

それは、初代吉右衛門である天海がやってきたのよりももっと過去へ飛んでいったはずである。

それは、自分と大黒天が会話した時に時空Aとよんでいた時空系であろう。

初代吉右衛門がやってきたのより、さらに過去へゆけば、そこは、自然に時空Aの時空系になる。

大黒天を乗せた時空船は、その時空Aの宇宙空間を漂い続け、やがて、その時空系の二〇四三年、初代雨宮吉右衛門によって、大黒星の近くの宙域で発見されることになるのだ。

それが、偶然なのか、必然なのか、吉右衛門にはわからない。

最初の時空船を、いったい誰が作ったのか、何故、その時空船は過去にしか行けなかったのか、そのふたつの謎は残ったままだ。

だが、それはそれでよい。

それは、大黒天が口にしたように、宇宙や生命という存在について何故、それがそこにあるのかと問うのと同じレベルの問いなのであろう。

「おまえが解けばよい」

大黒天は、そうも言った。

千代と、そして、甚太郎の顔がふいに浮かんだ。

帰らねばならない。

あの、なつかしい、江戸の町へ。

あの喧騒(けんそう)と、ざわめきの中へ。

今や、吉右衛門の故郷は、二〇四三年――光寿三年ではない。

安永二年のあの江戸の町なのだ。

十一

その朝――

からくり屋敷へ向かって歩いていた甚太郎と千代は、なつかしい音を聴いた。

からり、
からり、
という風車の回る音であった。

からくり屋敷が焼けたあとも、あの開かずの部屋と風車だけは焼け残っていた。

しかし、風車は回っていなかった。

周囲はかたづけられていたのだが、その風車と開かずの部屋だけはそのまま残されたのだ。

あれから二カ月半――

そこへ、千代と甚太郎は、毎日足を運んでいた。いつか、吉右衛門が帰ってくるのではないかと思っていたからだ。

そして、この日、ふたりは初めて風車の回る音を耳にしたのだ。

見れば、確かに、風車が青い空の中で回っている。

甚太郎は、走り出した。

「法螺右衛門、法螺右衛門！」

風車のすぐ下――焼け残った開かずの部屋の上に、人影が立っていた。

「千代、甚太郎、もどったぞ」

人影が手を振った。

吉右衛門が、手を振りながら笑っていた。

巻の結び 『大黒問答』

　私が誰であるかは、ここで書き記すのは敢(あ)えてやめておこうと思う。それは、いずれ、わかることであろうからだ。

　これを、今、読んでいるのは、かなりの確率で、雨宮(あまみや)家にゆかりの者で、それも、光寿(こうじゅ)三年のことであろうと思うのだが、それが当っているのなら、私は嬉しい。何故(なぜ)なら、それは、私が意図したことだからである。

　それとも、別の人間が、これを読んでいるのであろうか。

　いずれにしても、私は、あなたが雨宮家の人間で、これを読んでいるのは、大黒堂の地下に私が作った石室においてであろうということを想定して書くしかない。

　それにしても、久しぶりに、現代の——というのは、光寿三年という意味なのだが——言葉と表記でこの文章を私は書いているのだが、使用している筆記用具が、江戸時代の筆であるのは、あなたが今目にしている通りである。

　これを読んでいるのが誰であるかは、おいておこう。歴史の途中で、私の意図に反してこれが読まれているのでなければ、あなたは光寿三年に生きる人間であるはずだ。ならば、あなたには重大な使命がある。

それについては、まず、大黒星シヴァについて記さねばならない。

しかし、あなたが私の予定した人間であるなら、大黒星について、それがどのようにして発見されたか、それが地球に何をもたらすか、すでに知るところであろうから、多くを語る必要はないだろう。あなたが、大黒星について知らないのなら、まだ、大黒星が人の知るところのものではないということであり、これは逆にここで私がいくら語ってもそれは意味のない絵空事となってしまうだろう。

あなたは、大黒星について承知している、それを前提にして、話を進めたい。


私は、宇宙船の操縦士だ。

衛星軌道にいる宇宙ステーション飛鳥（アスカ）から、月面基地まで物資を運ぶ貨物船を操縦している。

大黒星が出現した時、私にひとつの仕事が舞い込んできた。宇宙船ＳＳ・麗Ⅱ号で大黒星まで飛んで、その映像を地球まで送ることだった。今さらそういうことをして、何の役に立つかという者もいたし、最後まで何らかの手を打つことができるだろうと考える者もいたし、滅びるにしても、ぎりぎりまで知的探究心に燃えて、自らを滅ぼす者の正体を知りたいと考える者たちもいたわけだ。さらには、この大黒星の撮影という仕事を命令されて、この任務から降りる者もいた。そりゃあ、誰だって、最後の日がわかっているなら、その日は家族や好きな相手と一緒にいたいと思うだろうし、そういう人間が、税金から給料をもらっている操縦士の中にもいたってわけだ。それで、この私のところにまで、その仕事がまわってきたのである。

植物の種や昆虫、生物や食い物を大量に積み込んだ水中船も、国やあちこちの金持ちが建造しはじめたが、その多くは、頓挫(とんざ)した。それを造るのは、一般の人間だ。彼らも乗れないのがわかっていて、そんな船を作る仕事はやっていられないということだろう。インパクトの瞬間を、なんとか海中でやりすごそうというわけだが、どれほど生き残ることができるかは賭(か)けみたいなものだった。

とにかく、私はその仕事を引き受けた。

自動操縦でやったって、似たような仕事はできるので、わざわざ人間が行く必要はないのだが、機械の補助として、人間が乗船している方が、細かい作業ができるし、タイムラグも少なく、成功率が格段にあがるわけだから、人間の乗る意味はもちろんある。本来なら、ふたりか三人いた方が、さらに確実なのだが、志願者が他にいなかったのである。

私が地球を出発する頃は、あちこちでテロや暴動が起こったりはしていたものの、まだ、世界には秩序が保たれていた。しかし、地球と火星軌道のちょうど中間あたりに船がさしかかった時、ニューヨークで核爆発があった。

大陸を越えて飛来したミサイルに搭載されていた核が爆発したのではなく、テロによるものらしいと定時通信で知らされたが、その後、地球との通信の一切が途絶えてしまった。

かろうじて交信できたのは、月面基地出雲と、宇宙ステーションの飛鳥だけだった。

そこからの通信によれば、どうも宗教的なものを背景にした核テロが、ニューヨーク、ワシントン、ロンドン、パリ、北京、モスクワで、ほぼ同時にあったらしい。

らしいというのは、何がなんだか情報の確認ができないうちに、本来は、大黒星に向けられるはずであった核ミサイルの多くが、地球上に向けられてしまったということなのだ。

アメリカ、イギリス、他、幾つかの宇宙ステーションが、地上からの攻撃で破壊されてしまったという。

なんということか、大黒星が衝突する前に、人間たちは、自ら滅びの道を選んでしまったことになる。

大黒星と遭遇したのは、火星軌道の少し先あたりだった。

近くで見る大黒星は、ひどく禍まがしく眼に映った。

ただの岩と氷の塊であるはずなのだが、それが、何か、悪意という意志を持ったもののように私には思えた。すでに滅んでしまった地球に、さらにその巨大な悪意の塊が激突するのだ。

大黒星は、楕円形をしていた。身体から、両腕両脚を切り落とし、さらに首を切り落とした女の胴体のようだった。中央がくびれていて、細い。その細い部分に、大きな穴が空いている。小惑星がぶつかってできたクレーターだろう。

私は、淡々と仕事をした。

すでに滅んだ地球に向かって、大黒星の映像を送った。

飛鳥とは、すでに通信が途絶えていた。月面基地とは、まだ通信ができたが、地球から、全ての月面基地に向かって飛来するミサイルを確認したところだという。

あと、通信が可能なのは、火星基地くらいだった。

仕事が済んだら、やることがなくなってしまった。

音楽を聴くか、本を読むか、映画を見るか。だが、本にしろ映像にしろ、こういう時に楽しむようなものではない。それを楽しむのは心の力が必要だ。私は、音楽だけを聴いた。

音楽は、こちらの心の状態に関係なく耳から勝手に入ってきて、勝手に脳をその手で撫でてゆき、時には、私に涙を流させることもあった。

哀しいわけでもないのに、涙が出るというのは不思議なことだ。

怒りすらも、それほどない。

哀しもうが、怒ろうが、どうしようもない状況の中で、私は『ビートルズ』ばかりを聴いていた。

不思議なほど感情は動かないものだ。

火星基地に行ってもしょうがない。

このまま、大黒星とともに地球にぶつかって、生を終えるのでもよかった。できることなら、眠っているうちに、そうなるのがいい。

もしも起きているのなら、地球の周回軌道に乗って、大黒星が地球にぶつかる光景を見物するのも悪くない。

そんなことも考えていた。

軌道の修正もしなかったので、いつの間にか、船と大黒星が離れていたが、気にする必要もなくなっていた。それに、少し離れた方が、伸びはじめた大黒星の尾がよく見えた。

もうやめよう。

つい書いてしまったが、ここで、その時の私の心情を、細かく記すのはあまり意味がない。

次に起こったことを記す方が、私にとっても、あなたにとっても重要であるからだ。

その音に私が気がついたのは、「レット・イット・ビー」を聴いている時だった。いつから鳴っていたのかは、わからない。もしかしたら、ずっと前から鳴っていたのかもしれないのだが、とにかく私がその音に気づいたのがその時だったということだ。

何かの物体が船に近づいてきた時に鳴る警報システムが作動したのである。

それは、子猫が母親を呼ぶ時の、あのちょっと甘えたような鳴き声だ。

音を選べるので、私はそれを警戒音に登録しておいたのだ。

ソファにベルトで固定していた身体を浮かせ、警報システムをチェックしてみると、二百八十キロ離れたところに、何かがあって、それが、毎秒十六キロメートルの速度でこちらに近づいてくるのである。

そして、この船の八キロほど近くを通り過ぎて、また離れてゆくということがわかった。およそ、三分後だ。

小惑星か何かだろうと思ったのだが、分光機の数値を見ると、金属反応が出ている。九十九パーセント以上の金属の塊だ。小惑星にしては、反応が大き過ぎる。これではまるで、宇宙船ではないか。

もしかしたら、それは本当に宇宙船かもしれないと私は思い、船の独覚制御システムを操作して、その物体にさらに近づいて、船の速度が同調するようにした。

それを見た時、私は驚いた。

なんと、それは、小型の宇宙艇であったからだ。小さな小屋ひとつほどの、球形の物体。

それには、蜘蛛(くも)の脚に似たものが生えている。

近づき、船の照明を向けてみると、窓があり、なんと、そこに座席に座した人の姿が見えていたのである。しかし、少しもその人影は動こうとしない。

映像にして、その窓の部分を拡大してみると、それは、屍体であるとわかった。なんと、その屍体は、半分木乃伊化していたのである。

それは、ちょうど、船倉内に取り込める大きさだったので、R・U・Rアームを使って、その物体を、SS・麗Ⅱ号の船倉内に収納した。

まず、その外観を見て私が驚いたのは、それが、宇宙船でも宇宙艇でもなかったことだ。無重力の宇宙空間を移動するために使用される部位が、どこにも見当らなかったからである。

これは、地上を、この脚のように見えるものを使って移動するための乗り物ではないか——と私はそう思った。

しかし、どうして、そういうものが、地球の公転軌道と、火星の公転軌道の中間あたりの宇宙に浮いていなくてはならないのか。

扉の開閉システムはすぐにわかったので、私は、エアマスクをしてから、それを開いた。

その乗り物内部とこちらの船内の気圧の差はわずかだった。しゅっ、という音がして、乗り物の中の空気が、こちらに瞬間的に流れ込んで、それでおしまいだった。

乗り物内の空気の組成も、船内とほとんど同じだ。

少なくとも、異星人ではなく、地球人の乗り物ではあるわけだ。

私は、エアマスクをはずした。

今さら、その乗り物内の空気にどのような細菌がいるかなどチェックしたところで、あまり意味がなかろうと思ったからだ。

操縦席と思われる座席に、さっき見た人影が固定されていた。しばらく前に確認した通り、木乃伊化しており、どういう人相かまではわからないが、日本人と同じ黒髪で、どうやら男のようだというところまでは理解した。

その男の前にある計器に指で触れていたところ、
かち、
という音がして、たちまち何かのスイッチが入っていた。

何かが触れただけで作動するように、計器がセットされていたとしか思えない。

むう〜〜ん……

という音がして、吐き気が私を襲った。

それを、私はどう表現してよいかいまだにわからないのだが、脳が裏返しにされるような感覚と言えばよいのか、肉体がめくれて、内側の肉体を引っぱり出されるような感覚と言えばよいのか。

一瞬、視界が白くなり、脳の内部で何かが光ったかと思うと、ふいに、つい今まで自分の肉体を襲っていた感覚が嘘のように消えてしまったのである。

一瞬、何があったのか、わからなかった。

とにかく、この妙な乗り物の外へ出て、ひとまず私は、SS・麗Ⅱ号の船内にもどった。

そこで、窓の外を見て、私は驚いた。

しばらく前まで、向こうに見えていた、尾を引く大黒星が消えてしまっていたのである。

船が回転したのかと思って、全ての窓のチェックをしたのだが、大黒星はどこにもいなくなっていたのである。さらに奇妙であったのは、しばらく前まで、船の位置を知らせていたパネルから、その表示が消えていたことである。パネルの上に表われる表示が、めまぐるしく動いているのは、見えている星や、惑星の位置などをチェックして、凄い勢いで自算機が計算しているからだ。

パネルに表示が出た。

結果は、信じられないものだった。

なんと、船と太陽の位置関係にはほとんど変化はなかったのだが、惑星の位置が大きく変化していたのである。

地球は、近くなっていた。

何が起こったのか。

私にはわからなかった。

何が起こったにしろ、さっきのあの奇妙な感覚が私を襲った時に、それが起こったのだ。

原因は――

あのスイッチだ。

あのスイッチが入った時、これが起こったのだ。

独覚制御システムをセットして、私は、船が自動で地球にもどるようにした。

しばらく、あの奇妙な乗り物には近づかぬようにして、私は、地球の方に意識を集中した。

消えた大黒星が、どこへ行ってしまったのか。

すでに、地球に衝突してしまったのか。

月面基地、宇宙ステーション、火星、そして地上も含めて、どことも交信はできなかった。

船内の望遠鏡で見た地球の映像をモニターに映し出してみたが、大黒星がぶつかったような跡は見られなかった。たとえ、自転の具合で、地球に落ちた跡が今は向こう側にいってしまっているとしても、あの大黒星が発させたインパクトは、地球の反対側からであろうともわかるはずだ。それが、わからない。

考えられるのは、気分が悪くなり、気づかないうちに、しばらく意識を失っていて、覚醒した時には、時間が過ぎてしまっていた――そういうことであろう。だが、その程度のことなら、まだ、大黒星は見えているはずであり、惑星の位置も、ここまで変化はしていないはずだ。

自算機に、惑星がこのように並ぶ年代を計算させた。

そして、出たその結果がパネルに表示された。

一五五六年——

まさか。

と、私は思った。

一五五六年と言えば、弘治二年——四百八十七年前の過去に、私は来てしまったことになる。

それが、本当のことであったとわかったのは、地球に着いてからだった。

まず、衛星軌道から地球上を観測した結果、間違いなく、それが過去の地球であるとわかったのである。

細かいことを記すのはやめたい。

私は、日本の、紀伊山中に船を着陸させ、R・U・Rアームを使って、船体を木や岩や土で覆って隠した。万一、見つかっても誰も船内には入れないし、この頃のどのような武器を使っても、せいぜいが、外層にわずかな掠り傷をつけることができるくらいであろう。

後に確認したことによれば、私が着いた時代は、自算機の計算通り、確かに弘治二年であったのである。

　しかし、どうして、このようなことが起こったのか。

　考えてみるに、結論はいつもひとつであった。宇宙で私が発見した乗り物のようなもの、それが、時間を旅する乗り物であったということだ。時航機——時空船としか呼びようのないもの。それが、ＳＳ・麗Ⅱ号の船内で発動し、ＳＳ・麗Ⅱ号ごと、過去へ私を運んでしまったということだ。

　ＳＳ・麗Ⅱ号の自算機と独覚システムの一部を使って、その時空船のことを調べてわかってきたのは、それが、どうやら過去へしかゆけないようになっているタイム・マシンであるらしいということだ。

　何度か、未来へゆこうとしたこともあったのだが、時空船は発動しなかった。いや、正しくは、時空船は、未来に向かって動いてはいるのである。ただ、この地上の全てのものと同様に、現在と同じ速度で、未来に向かって動いているのである。この宇宙そのものが、未来へ向かう時空船と言ってよい。

　それに、我々は、どうすれば未来へ、現在よりはやい速度でゆけるか、その方法をすでに持っている。それは、できるだけはやい速度で移動することである。仮に、光速に近い速度で飛ぶことができる宇宙船は、立派な未来への一方通行しかできない時空船と言っていい。この時航機が、過去への一方通行しかできない時空船であるというのも、ある意味では、理に適ったものであるのかもしれない。

それ以上のことは、私にはわからない。

自算機と独覚システムを使って調査してわかったことは、この時空船が、最大で自身を中心とした半径およそ八百メートルの空間を球状に切り取って、過去へゆく能力を持っているということであった。

私が考えたのは、この時空船を使って、未来に待っている地球の災害、大絶滅をなんとか回避する方法はあるかということであった。私は、それを思いつくことはできなかった。いくら、この時空船で過去へゆき、どれだけ地球の歴史に改変を加えたところで、きっちり、二〇四三年にあの大黒星はやってきて、その改変された未来の地球に災害をひき起こすことが決まっているからであった。人類の歴史をどれだけ変えようと、あの大黒星の軌道はいささかも変化しないのである。

そこで、ようやく私に閃いたのは、あの大黒星から地球を救う方法のことであった。

その時、私の脳裏に浮かんでいたのは、あの大黒星のくびれの部分と、そこにあったクレーターである。あのクレーターの中にこの時空船で入ってゆき、さらに氷を溶かして中心に進み、力を最大にして過去へ向かって発動させれば、自然に、半径八百メートル分の質量が大黒星から消失することになる。大黒星の重量が三分の二になれば、太陽の周囲を回ってゆく時に、太陽の重力の影響が変化することになる。さらに、木星の重力の影響も変化するし、遠日点へ行ってまたもどってくる時までの二百七十年という時間も、太陽の重力の影響も変化しているわけだから、かなりその軌道に変化が生まれるはずであった。太陽か木星の重力による潮汐力で、大黒星が、幾つかの小さな欠片に分かれることも考えられる。

少なくとも、次の周回の時に、大黒星が地球に当らない可能性はかなり高くなるはずであった。

それをやるには――

二〇四三年ではだめだ。

二〇四三年にそれをやっても、それは大黒星が太陽を通過する前であり、いくら大黒星の質量が変化しても、大黒星が地球にぶつかる運命を変えることはできない。

やるのなら――

大黒星の軌道計算はすでにできている。

大黒星が、二〇四三年の前に地球にやってくるのは、一七七三年、安永二年である。二百十七年後だ。

このSS・麗Ⅱ号の船内医療機械を使っても、そこまで私は生きてはいられないだろう。

では、誰にその役目を担わせればよいのか。そもそも、二百十七年後の安永二年に、私の言うことを理解できる人間など、まずいないであろう。それに、SS・麗Ⅱ号には、すでに大黒星まで飛んで行ってもどってくるだけの燃料がない。

どうしたらいいのか。

その燃料は、この時代では製造できない。

結局、私が考えついたのは、未来から運んでくるしかないということだ。そして、その未来というのは、光寿三年しかあり得なかった。

光寿三年より未来では、人類は滅んでしまっており、燃料を調達するような状況ではないであろう。

光寿三年より過去であっては、まだ、誰も大黒星のことなど知らぬから、どのような話をしたところで、信用してもらえるとは思えない。

光寿三年の誰かに、この時空船を託し、燃料を積んで過去へもどり、宇宙船に時空船を乗せて、大黒星まで飛んでゆくことを頼むしかないのである。しかも、最後のところは自動操縦というわけにはいかないから、その誰かは、それによって死ななければならないのだ。

そんな役目を受けてくれる人間がいるであろうか。

いる。

私は、その人間に思いあたった。

それは、私自身である。

しかし、問題は無限にあった。まず、その未来にこの私が存在するのかということだ。すでに、私の出現によって、歴史は改変されてしまっている。その改変された歴史に積み重ねられた未来に、私はいるであろうか。

それでもやらねばならない。

しかし、どうやって、この時空船を二〇四三年まで運ぶか。それは、この宇宙という未来行きの時空船がやってくれるであろうが、二〇四三年の未来まで、私以外の人間の誰の眼にも手にも触れさせず、地震や地滑りなどの災害でも壊れぬように、どうやって送り届けるか。

安全で、丈夫な、石の部屋を造らねばならない。さらに、そこには二台分の時空船を置くスペースがなければならない。さらに、その時空船の近くに、このSS・麗Ⅱ号もうまく隠さねばならない。

少し残念なのは、この計画が、万が一うまくいっても、それは、私の未来の地球を救うのではなく、私が過去へ来ることによって生じた、あらたな未来を救うのだということだ。

しかし、それでも、地球を救うことができるのだ。

やらねばならない。

その方法は、まだ、その時の私の脳裏にあったわけではなかったが、ただひとつ、わかっていることがあった。それは、この時代で、絶大な権力を手に入れなければ、この作業はできないであろうということであった。

少し、疲れた。

それは、私の肉体が、もうその限界近くまで生きてきたからだ。私は、もう間もなく死をむかえることであろう。だから、それまでに、これを記し終えておかねばならない。

手短に言えば、私は、この時代において、私の望むものを手に入れることができた。

それは、権力である。

この時代の人間として私は生き、この時代の名前を持ち、私はその権力を手に入れたのである。

多少の運もあったろうが、この結果をもたらしたのは、私は、この時代の歴史について、この時代の誰よりも、その未来がどうなるかを知っていたという知識によるところが大きい。船内にデータ化されてある日本の情報がかなりのものであったことも幸いした。

この権力を手に入れるまでの方法ははぶこう。

とにかく、私は、それを手に入れた。

そして私は、ほとんどの準備をし終えた。

あとは、あなたがどうすればよいかを記し、あなたが、私のこの提案を受けてくれることを願うだけである。

少なくとも、あなたがこれを読んでいるということは、多少は雨宮家のことに興味を持ち、毎年正月に確認される訓示についても知っていたということだろう。

あなたは——いや、おまえは、地球を救うことのできるただ独りの人間だ。

おまえは、まず、ＳＳ・麗Ⅱ号の燃料を手に入れねばならない。手にいれる方法はまかせる。ＥＭ・Ｕ型のものを二百ケース用意して、それを時空船に積み込めば、ほぼそれで時空船のスペースはいっぱいになる。他に、好みのものを多少積む空間はあるはずだ。

おまえは、乗り込んで、スイッチを押すだけでいい。スイッチは、赤く塗ってあるからすぐにわかる。信用しなくてもいい。少なくともだまされたと思って、試してみることはできる。だが、くれぐれも言っておくが、試すことができるのは一度きりで、それがすなわち本番になるから、試す時は、燃料を積んでからだ。

一七七三年に大黒星はやってくるが、それより十年前に着くよう、きちんと私の方でセットしてある。おまえはただ、スイッチを押すだけだ。

十年前というのは、私からきみへのプレゼントだ。おまえ——きみは、きみが死ぬる予定だった人生の先まで、十年を生きることができるだろう。その間に、色々の準備もできるし、その十年できみの気が変って、大黒星などどうでもいいと考えるようになり、その地で生をまっとうしようと決心するのなら、それはそれでしかたがない。それでも、私は敢えてきみに望む。地球を救うべしと。

金はまだ使えるか。

唐櫃を開けて中を見たのなら、もうわかっているだろうが、それが、一七七三年に着いた時、全てきみのものになる。二〇四三年の時に、その唐櫃の中に入っている小判を使って、燃料を買えばいい。二〇四三年で、唐櫃をたとえ空にしてしまっても、一七七三年に行けば、手つかずのものがそっくりそのまま残っているから、二〇四三年では、遠慮なく使ってしまっていい。

もうひとつ、言っておかねばならないことがあった。

それは、時空船を、ちょうど時空船一台分、空いたスペースに移動させてから、過去へゆかねばならないということだ。一七七三年のその時、時空船は、今きみが見ているその場にあるということだ。これだと、一七七三年に、きみが時空船とともに出現した時、機体が重なって、爆発を起こすか、融合してしまうか、私はまだ試してないからわからないが、かなり悲惨な結果を起こすことになるだろう。だから、時空船を、あらかじめ、横に移動するのである。今、その横のスペースに何もないなら、一七七三年にも何もないということだ。しかし、過去へもどりすぎると、そこにまだ私は地下空間を作ってないから、出現しても土の中だ。土と機体が重なって、いずれにしろ、楽しい結果は生まないだろう。

時空船は、ちょうど時空船とその内部にいる者、ある物のみを過去に運ぶようにセットしてある。

過去に着いた時、そこで、独りの武士と出会うだろう。

その武士は、私が用意した時空船の守り人だ。

肉体を改造してあるので、かなり長命だ。私と同じ技術を持った人間がこの時代にいれば、その人間に船の医療機械を使ってもらい、私自身が長命を得ればよいのだが、私のかわりにそれをできる人間がいなかったのだ。

話をもどせば、その武士は、きみの血を要求するだろう。きみから血のサンプルを取って、遺伝子を調査する。それが、この私の遺伝子と共通するものであれば、きみは無事だ。彼から危害を加えられることはない。きみがもし、雨宮の血を引く者でないのなら、

「私は大黒星から民を救いたいのだ」

と言えば、きみは無事にそこを通ることができるだろう。

出たら、大黒堂の裏手に、雨宮家がある。

そこへ行って、

「私は、大黒星から江戸を救うためにやってきた」

そう言えば、雨宮の者が、

「大黒星の色は何色じゃ――」

と問うてくる。

それに対して、きみは、

「大黒星は滅びの色」

と答えればよい。

この儀式の後、きみは、雨宮家より大黒の割り符を手に入れることができるだろう。その割り符を持って、君は当麻山退魔寺へゆき、それを見せればいい。すると、退魔寺の者が、きみにある鍵を渡すだろう。その鍵こそが、宝物殿の扉を開き、その宝物殿の地下倉の扉を開ける鍵だ。

しかし、問題は、その地下倉が、地中にあるということだ。人をあらかじめ集めておき、地下倉まで、地面を掘り起こさねばならない。そのための人手も確保せねばならず、なかなか容易なことではない。

その地下倉に納められているのが、この私の隠した宝、SS・麗Ⅱ号である。

この麗Ⅱ号に燃料を入れ、時空船を積み込めば、あとは出発するだけでいい。

もう、きみに語るべきことは、あまり多くない。

少しだけ、自慢させてもらえば、この壮大なる事業を、結局、私はやりとげたということだ。

当麻山を造るのはたいへんだった。江戸城の堀を造るのに掘った土だけでは足りずに、あちこちから土を集めたからだ。地下にまず巨大な穴を掘り、そこに石室の下半分を造り、夜半に、密(ひそ)かにそこにSS・麗Ⅱ号を着陸させ、布でSS・麗Ⅱ号を隠してから作業を再開させた。この時代の者に、宇宙船を見せるわけにはいかなかったからだ。見れば、たいへんな騒ぎになり、結局、この計画が頓挫(とんざ)する可能性が高くなるからだ。私は、将軍家にも、ほとんど秘密でこれをやり終えたのだ。

時空船とSS・麗Ⅱ号の隠し場所には気を使った。なにしろ、未来の二〇四三年まで、開発の手も、災害の手も及ばぬところをまず見つけねばならなかったからだ。幸いにも私には、未来の知識があったから、あの震災にも耐え、第二次大戦、第三次大戦の戦火からも、被害をまぬがれることのできた地域を知っていたのだ。それで、あのふたつの地域を選んだのだ。

それにしても、私にもわからないのは、この時空船を、いったい誰が最初に作ったのかということだ。

神か？

神が、これを、我々にもたらしたのか。

いや、設計の思想や、座席などを考えると、人が作ったものと考えざるを得ない。

どこの時空の誰が、これを、この時空にもたらしたのだろう。

機械のどの部分にも、文字も何もない。

あまりに調べすぎて、これを破壊してしまうことを恐れ、表面的なことしか調べていないのだが、それにしても、これが不思議のものであるのは疑いない。

そもそも、過去へ旅することなど、できようはずがないというのが、二〇四三年における我々の知識であり技術である。

まあいい。

生命や、物質の存在、この宇宙の存在すらが、そもそも不可思議のことなのだ。その中に、この時空船の謎がひとつ混ざったところで、かまわない。

あとは、全てをきみに託すだけだ。

繰り返すが、きみは、地球を未来の災害から救うことができる。いや、正確に言おう。人類と多くの生命をだ。

たとえ、人類や多くの生命が滅びようと、地球は地球だ。人類が滅びても地球が滅びることはない。

それに、それがどれだけ巨大な災害であろうと、生命の一部は、深海の底か、地中のどこかに生き残り、そしてまた、過去にそうしてきたように、生命は進化の道を再び歩み始めることだろう。

人類は、愚かだ。

地球は、小さなひとつの果実だ。

林檎ひとつを、ふたりで分けて食べることはできるだろう。三人でも、四人でも、あるいは十人、百人でも、もしかしたら分けて食べることはできるかもしれない。しかし、その人数が、千人、一万人となったら、もう、林檎は分けられない。

そうなったら、もう、この果実を人類は奪いあうしかないのだ。

二〇四三年、大黒星の衝突前に、人類は自ら滅びの道を選んでしまった。

地球は、もはや、無限の大きさを持った果実ではない。

地球は、小さな林檎なのだ。

そして、人は愚かだ。

問題は、この愚かな人を、きみが愛せるかということだ。

繰り返す。

きみは、未来の、愚かな人類を救うことができる。

しかし、きみはそのまま、江戸でその生涯を終えることもできる。

未来の人間にとっても、多少の不便を覚悟しさえすれば、江戸は暮らしやすい町だ。

そして、その頃、まだ地球は無限の果実である。人はまだ、その果実の大きさを知らない。

きみが、もしも、江戸でずっと暮らす決心をするなら、それはそれで、立派な選択だ。恥ずべきことではない。

きみは、選択できる。

きみがどうするかは、きみ自身が決めることだ。
それでいい。
では、ここで、私は私の生涯を終えるために、この筆をおこう。
宇宙不可思議。
それもまた、心地よし。

寛永二十年十月――

南光坊天海これを記す

『天海の秘宝』・完

単行本あとがき――江戸もののこと

このところ――というのは、この七、八年くらいのことなのだが、〝江戸もの〟の話を、ぽつりぽつりと書いているのである。

『大江戸恐龍伝』

『大江戸釣客伝』

『小角の城』

などがそうだ。

このところでなくていいのなら、別格で『大帝の剣』がある。

同じく別格で、江戸ものではないが、西行を主人公にした『宿神』なども書いているのである。

しかし、これらのうちのどれも、実はまだ完結していないのだ。

二十年以上書いている『大帝の剣』、書きはじめてもう七年になってしまった『大江戸恐龍伝』。

それが、何ということか、本書『天海の秘宝』は、一番後から書きはじめていながら、ほぼ一年で完結。どの江戸ものよりも早く、先に本になることになってしまった。

それでも、上下二巻本である。

たいへんにおもしろい。

そして、この物語は、ぼく個人にとって、ちょっと記念すべき本となってしまったような気がしているのである。

正直に告白しておけば、このごろ、ぼくは、書き手としては、少し〝楽〟になってきているのではないかと思っているのである。

〝楽〟

と、わざわざ「〝 〟」の中に入れたのには理由がある。

ずっと昔のことになるが、船戸与一さんと知り合った頃、

「獏ちゃんの話にはデーモンがあるねえ」

こんなことを言われたことがあったのである。

二十年以上は昔のことで、たぶん、バイオレンスとエロスの伝奇小説のまっただ中にぼくがいた頃のことだと思う。

デーモンとは何か。

これは、書き手の心の内部事情のことだ。

書かずにはいられないもの、これを書かないでは死ねないもの、物語を書くための情念というか、マグマというか、まあ、とにかくそんなようなものだ。

わかりやすく言ってしまえば、「うらみつらみ」のこと。

人によっては、それは、政治のことだったり、女のことだったり、家族のことだったり、金のことだったり、宗教のことだったり、あのことだったりこのことだったり、まあ色々あるのだが、おおむねそれは負の感情である場合が多い。

そういう感情を、多くの作家は書く時のエネルギーとしているのである。そういう感情を燃やして、原稿に変換してゆく。

フロイト的に言えば、リビドーと言ってもいい。

それをうまくコントロールして書く時もあれば、コントロールできずに、そういった感情に身も心もさらされながら書く時もあり、時にはそういう感情を殺して書く時もある。どれが、原稿によい効果をもたらすのかは、人それぞれだし、ぼく個人の場合でも、その時その時のことだ。

しかし――

どうじたばたしたところで、そういう〝デーモン〟は、原稿用紙の上に出てしまうものなのである。

少しセコい話をしておけば、ずっと昔つきあっていて、今は連絡がとれなくなってしまっている女の子が、ひそかにこれを読んでいて、世間に内緒でそっと連絡でもくれないかなというヨコシマな下心もあったりするのである。

これだって、まあ、デーモンの一種だ。

そういうものは、書いても書いても減らないものだとぼくは思っていた。

ぼくは、小説のアイデアだけは、あと三回作家として生きても充分に余るくらいの量を持っている。問題なのは、リビドーの方だ。アイデアはあっても、書こうという意欲——デーモンがすり減ってしまったら、書けなくなってしまうのではないか。

あ、もしかしたら、自分は少し〝楽〟になってしまったのではないか。

それに気づいたのは、『神々の山嶺（いただき）』という話を書き終えた時だ。

「楽になっちゃった」

という自覚症状があったのである。

あれ？

あらら。

こりゃあたいへんだ。

と思う半面、

〝デーモンから自由になりたい〟

という思いもまた、ぼくの中にはあったのである。

　それから何年もかかったのだが、それは、だんだん次のような考えへと変化していった。もしかしたら、このデーモンというのは、物語にとっては、不純物、夾雑物のようなものなのではないか。物語を主に考えれば、デーモンは、物語に奉仕すべきものであり、物語はデーモンに奉仕しなくてもよいのではないか。デーモンが必要なら、そこはデーモンを使い、デーモンが必要ない時には、デーモン無しの物語を展開する。

デーモンから自由になれば、ただただおもしろい、おもしろさしかない、作家個人のデーモンは脇へのけておいて、おもしろさの結晶のような作品を書くことができるのではないか。

　そんなことを考えるに至ったのである。

　楽になってしまうこと、それが物語作家にとって、よいことか悪いことか、まだぼくにはわからない。もしかしたら、デーモンというのは、物語のおもしろさにとって、不可欠の要素なのかもしれない。

　しかし——

　本当にそうか。

　というようなことを考えている間に、この『天海の秘宝』は書かれたものなのである。

　書きあげてみたら、なんともみごとに、そのデーモンとおもしろさの間に、この『天海の秘宝』という物語が浮かんでいるのである。

〝記念すべき本〟と書いたのは、そのあたりのことである。
ネタばらしになってしまうといけないので、あえて内容には触れていない。
しかし、とてつもなくおもしろい。
この物語、映像化、コミック化をこちらから積極的に希望したい。
どうか、よろしく。

二〇一〇年五月二十六日

小田原にて――

夢枕　獏

解説

細谷正充

伝奇小説の話から始めよう。昔、伝奇小説は、時代小説の一ジャンルであった。宝物の争奪戦・幕府転覆の陰謀・出生の秘密を持つ主人公を巡る騒動……。内容はさまざまだが、史実の裏で想像力を羽ばたかせ、起伏に富んだ稗史（はいし）を紡（つむ）ぐ。そのような時代小説が伝奇小説と呼ばれてきたのである。

だが私は現在、かつての伝奇小説を〝時代伝奇小説〟と表記している。原因は、夢枕（ゆめまくら）獏（ばく）と菊地秀行（きくちひでゆき）だ。一九八四年に夢枕獏の「サイコダイバー」シリーズ第一弾『魔獣狩り（淫楽編）』が、翌八五年には菊地秀行の「バイオニック・ソルジャー」シリーズ第一弾『魔界行（第一次復讐編）』が刊行され、それぞれヒット。どちらも「長編超伝奇小説」と銘打たれており、このふたりを中心にして、現代を舞台にした伝奇小説ブームが巻き起こる。それらの作品は、やがて「現代伝奇アクション」や「現代伝奇バイオレンス」と認識され、現在に至っているのである。したがって伝奇小説と書いただけでは、過去と現代のどちらを舞台としているのか分からず、区別するために時代伝奇小説と書くようになったのだ。

さて、そのように伝奇小説を変革した夢枕獏が、『大帝の剣』で時代伝奇小説に乗り出したときは、嬉しくてたまらなかった（『大帝の剣』以前に、若き日の仏陀を主人公とした作品があるが、作者の認識では時代小説ではないようだ）。もともと私は夢枕獏のファンであり、「キマイラ・吼」「サイコダイバー」シリーズを、夢中になって読んでいた。その作者が、私のもっとも好きなジャンルである、時代伝奇小説を書いてくれる。これが喜ばずにいられるか。ドキドキしながらカドカワノベルズの『大帝の剣 巻ノ壱 天魔降臨編』を読み、大いに満足しながら思った。これは夢枕版『妖星伝』だなと。

時代伝奇小説を語る上で、半村良の『妖星伝』は欠かせぬ傑作である。田沼意次が出世していく時代を背景に、跳梁跋扈する〝鬼道衆〟を巡る伝奇ストーリーが、やがて破天荒なスケールのSFへと変化していく。もちろん時代小説の世界にSFを持ち込んだ作品は、これだけではない。豊田有恒の『退魔戦記』、光瀬龍の『寛永無明剣』など、幾つかの作品を挙げることができよう。ただしSFのアイデアを使いながら、これほど伝奇に淫した物語は他になかった。ゆえに私は『妖星伝』によって、時代伝奇小説はSFというガジェットを手に入れ、新たな進化を迎えたと確信しているのだ。

その『妖星伝』は、国枝史郎の『神州纐纈城』を意識している。作品の冒頭に登場する土屋新三郎が、『神州纐纈城』の土屋庄三郎の捩りになっていることを見ても、明らかであろう。また、かつて講談社が「国枝史郎伝奇文庫」を刊行したとき、半村は編集委員を務めている。その文庫に添えられた「編集委員のことば」として、

「伝奇小説の面白さのひとつは、ストーリーが次々にふくれあがっていく面白さでもある」

と述べている。たしかに伝奇小説を読んでいて、一番ワクワクするのは、ストーリーが膨れ上がっている最中だ。巧みに広げられた大風呂敷が、楽しくてならないのである。それは国枝作品や半村作品だけでなく、夢枕獏の『大帝の剣』や、本書にもいえることなのだ。

『天海の秘宝』は、「週刊朝日」二〇〇九年一月二・九日合併号から二〇一〇年一月二十二日号にかけて連載。その後、大幅な加筆修正を為して、二〇一〇年七月、朝日新聞出版から単行本が上下巻で刊行された。物語の主な舞台は、安永二年（一七七三）の江戸。田沼意次が老中になった頃だ。主人公は、堀河吉右衛門という浪人。いつも妙な発明ばかりしているので、黒猫の悟空と暮らしている本所の家は、からくり屋敷といわれている。さらに、からくり屋敷に集まった子供たち相手に寺子屋のようなこともしている。生意気な甚太郎を始めとする子供たちからは、いつも法螺ばかりふいているから法螺右衛門と呼ば

れていた。

からくり屋敷には、無外一水流という自流派を起こし、深川で練心館という町道場をやっている病葉十三や、口入れ屋〝てごろ屋〟の娘・千代も出入りしている。三年前の騒動で知り合った、吉右衛門と十三は、今では親友である。一方、千代は吉右衛門に気があるようだ。江戸の片隅で穏やかに暮らしていた吉右衛門だが、次々と奇怪な事件が起こる。謎の辻斬りが現れ、門弟を殺された無外流の梅川一心斎が相対する。その立会人となった十三と吉右衛門は、新免武蔵と名乗った辻斬りの剛剣に戦慄(せんりつ)した。新免武蔵とは宮本武蔵のこと。しかし武蔵は百年以上前に死んでいる。はたして辻斬りは何者なのか。

この出来事を切っかけにしたように、人の言葉を喋(しゃべ)る奇怪な黒犬の出没や、凶賊・不知火一味の跳梁など、騒動や事件が続く。大黒天と名乗る、謎の人物も蠢(うごめ)いている。その裏には、徳川幕府創成期に重要な働きをした謎多き天海僧正の秘宝や、『大黒問答』という冊子の存在があるらしい。しかも吉右衛門自身が、それに深く関係しているようだ。江戸時代の人間とは思えない知識を持つ吉右衛門は、一連の騒動から手を引こうとするが、千代とその父親が不知火一味に攫(さら)われた。そして天海が造った当麻山にある退魔寺で、物語はクライマックスを迎えるのだった。

作者は甚太郎が引き起こした騒動を通じて、吉右衛門のキャラクターを立てた後、勢いよくストーリーを転がしていく。謎の辻斬り。奇妙な黒犬。不知火一味の跳梁。チャンバラ担当の十三がいるので、アクションもばっちり。勢いよく広げられる大風呂敷を堪能した。しかも話が進むにつれ、ＳＦ色が濃くなっていく。そういえば作者は、「週刊現代」二〇一六年三月十九日号で、「わが人生最高の10冊」を選んでいるが、その一位に『妖星伝』を挙げ、

「当時、僕はＳＦを読み漁っていたんですが、どう見ても時代もの、伝奇ものという雰囲気のこの作品に圧倒された。江戸時代を舞台にした作品であるにもかかわらず完全なＳＦ作品なんです。第3巻の最後の一文は、〈それは、意思を持った時間、であった〉。この〝ＳＦ〟度にしびれたんだよね」

といっている。かつて作者が受けた圧倒的な衝撃。これを本書は、読者に与えてくれる。詳しく書くのは控えるが、天海の秘宝の正体が明らかになると、完全にＳＦとなり、物語は途方もないスケールへと拡大していくのだ。そしてそれは、広げた大風呂敷をどう畳むのかという、時代伝奇小説の抱える問題に対する、ひとつの解答になっている。

伝奇小説の場合、広げた大風呂敷を畳むと、話が小さくなってしまうことがある。つまり物語のスケールに、結末が追いつかないのだ。最終的に史実の内側に収めるという制約がある時代伝奇小説（破ってもいいが、そうすると別ジャンルの作品になる）が、必然的

に抱える問題といっていい。先に引用した半村の言葉には、

「国枝さんの作品に未完の形が多いのは、それがついに終わることができぬほど面白いひろがりを持つからである」

という続きがあるが、未完の作品が持(も)て囃(はや)されるのは例外中の例外。やはり始めた物語は、きちんと終わることが望ましい。時代伝奇小説だって同様だ。ならば、話を小さくしないためにどうすればいいのか。それを超越する手段がSFである。本書は終盤のSF展開により、大風呂敷が畳まれながら、さらなるスケールを獲得している。大団円を迎えた話は、けして小さくまとまることはなく、本を閉じた後も読者は気宇壮大(きうそうだい)な世界に揺蕩(たゆた)うことができる。ここに本書の尽きせぬ魅力があるのだ。

ああ、SFの部分にこだわってしまったが、他にも読みどころは多い。吉右衛門と十三の関係は、「陰陽師」シリーズの安倍晴明と源博雅を始めとする、幾組かのバディを想起させる。不知火一味のバイオレンスは、酸鼻でありながら目が離せない。長谷川銕三郎――若き日の鬼平が、吉右衛門たちの仲間になるのも楽しい。ある人物の意外な正体には、ミステリーの妙味があった。このようにエンターテインメントの手練手管が、これでもかと詰め込まれている。とにかく圧倒的に面白い物語なのだ。

最後に本書の元ネタについて触れておこう。半村良の『講談碑夜十郎』、諸星大二郎の『暗黒神話』、平井和正の『新・幻魔大戦』、永井豪の『黒の獅士』……。本書は多くの先行作品を想起させてくれる。他にも細かいことをいえば、あるチャンバラ・シーンの元ネタは、小池一夫原作、小島剛夕作画の時代劇画『子連れ狼』に出てきた〝お手玉の剣〟だと思った。

いうまでもなくこれは私の想像であり、どこまで当たっているのか分からない。まったくの間違いの可能性もある。だが本書を読んでいると、どうしてもそう感じてしまうのだ。それは年代的に作者が、知りすぎた作家だからである。生まれたときから周囲に、たくさんの優れた物語がある。それを浴びるように読んだり観たりしながら成長してきた。知ってしまった以上、忘れることはできない。だから、己の血肉になった無数の作品に敬意を捧げながら、自分だけの物語を創り上げたのではないか。これまた勝手な想像だが、そのように見える作者の姿勢が好ましいのである。

伝統というと堅苦しいが、エンターテインメントの世界も、受け継ぎ、発展することが肝心だろう。半村良から夢枕獏へと受け継がれた時代伝奇〝ＳＦ〟小説が、これからどう発展していくのか。さらなる作品が待たれてならない。

二〇二二年四月

本書は2013年6月朝日新聞出版より刊行されました。
なお、本作品はフィクションであり実在の個人・団体などとは一切関係がありません。

徳間文庫

天海の秘宝（てんかいのひほう）下

2022年5月15日　初刷

著者　夢枕獏（ゆめまくらばく）
発行者　小宮英行
発行所　株式会社徳間書店
東京都品川区上大崎三−一−一
目黒セントラルスクエア　〒141−8202
電話　編集〇三（五四〇三）四三四九
　　　販売〇四九（二九三）五五二一
振替　〇〇一四〇−〇−四四三九二
印刷
製本　大日本印刷株式会社

ISBN978-4-19-894744-6　（乱丁、落丁本はお取りかえいたします）